L'amour fou de Zivana

J'AI LU

Barbara Cartland est une romancière anglaise dont la réputation n'est plus à faire.

Ses romans variés et passionnants mêlent avec bonheur aventures et amour.

Vous retrouverez tous les titres disponibles dans le catalogue que vous remettra gratuitement votre libraire.

Barbara Cartland

L'amour fou de Zivana

Traduit de l'anglais
par Catherine Denis

Éditions J'ai lu

Titre original :

THE DRAGON AND THE PEARL

AVANT-PROPOS

Tous les événements et la majorité des personnages de ce roman sont authentiques. Le soir du 13 avril 1900, les troupes alliées entraient dans Pékin et, le lendemain, après un siège de cinquante-cinq jours, la légation britannique était libérée.

Tous ceux qui étaient restés prisonniers à l'intérieur de la légation purent subsister grâce à la prévoyance de Herbert Squiers, Premier secrétaire de la légation américaine, qui avait acheté une grande quantité de ravitaillement avant le début du siège.

A l'aube, l'impératrice douairière, vêtue en paysanne, quittait la Cité Interdite dans une charrette en compagnie de l'empereur, tandis que le sournois prince Tuan les suivait dans une autre. Seuls quelques eunuques partirent avec eux.

Pékin fut pillé par les troupes et les soldats chinois, qui brûlèrent ce qu'ils ne pouvaient emporter. Les grandes puissances réagirent avec beaucoup de clémence et admirent diplomatiquement avec Li Hung-Chang que ces événements dramatiques étaient dus à une rébellion des Boxers contre l'autorité du trône.

Fort de ce principe, on pouvait fermer les yeux sur le rôle joué par l'impératrice douairière. Elle accepta à contrecœur de livrer le prince Tuan, ainsi que d'autres chefs boxers. Celui-ci fut envoyé en exil.

Soixante-sept millions de livres sterling furent en outre exigés en réparation de la mort de deux cent cinquante-sept missionnaires, soixante-six personnes des légations et trente mille Chinois convertis.

Quand Li Hung-Chang eut signé avec les puissances étrangères le dernier accord portant sur trente ans, il mourut. L'impératrice douairière ordonna qu'un mausolée soit construit à Pékin en son honneur.

Le 14 novembre 1908, l'incapable et faible empereur était rappelé dans la demeure de ses ancêtres et le lendemain, comme les astrologues l'avaient prédit, ce fut le tour de l'impératrice douairière.

1

– Je ne vois pas pourquoi vous êtes aussi inquiet, major Ware, dit sir Claude Macdonald.

– Le Premier ministre a entendu dire qu'il y avait de plus en plus d'agitation dans les provinces.

– Il y a toujours de l'agitation en Chine et je peux vous assurer qu'en tant que ministre britannique, je suis parfaitement capable de faire face à d'éventuels incidents.

Sir Claude Macdonald avait prononcé ces mots sur un ton plutôt tranchant, comme s'il sentait que son autorité était mise en doute.

Cependant, tout en l'observant, Stanton Ware pensait que le Premier ministre avait eu raison d'insinuer que cet homme n'était pas à la hauteur.

Le marquis de Salisbury avait trop de délicatesse pour en dire plus, mais ses conseillers au ministère des Affaires étrangères ne s'étaient, eux, pas gênés et la presse encore moins.

C'est ainsi que le correspondant du *Times* avait écrit : « Tout le monde s'est élevé contre cette nomination. On reproche à sir Claude son manque d'éducation... sa faiblesse, sa désinvolture, ses discours verbeux... Selon certains, il représenterait le type même de ces officiers dont tout le travail se limite à rouler les épaules en faisant des enjambées de deux mètres. »

Cet article avait beaucoup amusé Stanton Ware mais, maintenant qu'il se trouvait devant sir Claude Macdonald, il se rendait compte que celui-ci ne serait jamais capable de maîtriser la situation si, comme on pouvait le craindre, les choses s'aggravaient.

Il était véritablement dramatique qu'en de telles circonstances la Grande-Bretagne soit représentée par un ministre sans expérience de la Chine, si ce n'est comme instructeur d'artillerie à Hong Kong.

L'un de ceux qui le critiquaient avait dépeint sir Claude de cette manière : « Une grande perche en fil de fer, avec deux yeux glauques et des moustaches luisantes de brillantine. »

Pour les moustaches, en tout cas, c'était bien vrai et l'on pouvait voir avec quelle satisfaction il se les tortillait tout en parlant :

– Major Ware, vous pouvez informer le Premier ministre que nous sommes parfaitement maîtres de la situation et que les quelques incidents qui ont pu se produire jusqu'à maintenant sont sans importance.

Après quelques instants de silence, Stanton Ware répliqua :

– Je pense au contraire que le meurtre de Brooks est un événement d'une certaine importance, ne serait-ce que pour lui.

– Brooks était un missionnaire, répondit sir Claude, et les missionnaires ont toujours été une cause d'agitation en Chine, depuis le jour où ils furent admis dans le pays en 1860. Les Chinois leur reprochent de détruire le culte traditionnel des ancêtres, très important pour eux.

– Je le sais très bien mais, malheureusement, les chrétiens chinois ne font rien pour épargner les sentiments locaux.

Il songeait à la façon dont les missionnaires avaient réquisitionné les temples chinois en les déclarant propriété de l'Eglise et comment, ayant obtenu le droit de construire, ils avaient délibérément choisi des sites voyants et sacrés.

Les franciscains avaient même essayé de percevoir des arriérés de loyer pour les trois cents dernières années.

– Permettez-moi de vous répéter que tout cela a peu d'importance, dit sir Claude. Ce qui nous intéresse par contre, c'est le bouleversement de l'équilibre des forces depuis que les navires de guerre russes sont entrés à Port-Arthur il y a quatre ans.

Stanton Ware savait qu'il s'agissait là d'un problème réel.

Les cinq grandes puissances se livraient une guerre sans merci pour s'assurer une position en Chine et, pour reprendre les paroles mêmes des chansonniers, « découpaient le pays comme un melon ».

En fait, c'était précisément à cause des incessantes rivalités entre les Occidentaux eux-mêmes et leur insatiable avidité, qu'une plus grande partie de la Chine n'avait pu être annexée.

Cependant Stanton Ware savait qu'à Pékin, la grande capitale nordique du Céleste Empire, les Mandchous se faisaient des illusions sur leur force quand ils croyaient que la culture chinoise pouvait triompher de la culture occidentale.

En réalité, comme l'avait déclaré un fonctionnaire au ministère des Affaires étrangères :

– Les Mandchous sont arrogants et faibles, les

Européens sont arrogants et forts. Une guerre semble inévitable.

Comme s'il savait que Stanton Ware demeurait convaincu de la gravité de la situation, sir Claude dit :

– Je suis sûr que nous pouvons faire confiance à l'impératrice douairière pour venir à bout des difficultés internes.

– Faire confiance à l'impératrice douairière! répéta Stanton Ware, stupéfait. Vous ne parlez pas sérieusement! Les comptes rendus qui arrivent à Londres prouvent nettement que l'impératrice, même si elle ne l'admet pas, est violemment opposée aux étrangers.

Sir Claude se mit à rire et de nouveau se tortilla les moustaches.

– Cher major, l'impératrice douairière a invité ma femme et les autres dames de la légation à prendre le thé dans la Cité Interdite pour fêter son anniversaire et consolider les bonnes relations entre l'Est et l'Ouest.

Persuadé que Stanton Ware n'était pas au courant, il poursuivit en souriant :

– L'impératrice, ou le Vénérable Bouddha, comme on l'appelle généralement, donna à chacune de ses invitées une énorme perle montée sur un anneau d'or et leur offrit de ses deux mains une tasse de jade remplie de thé.

– Quelle générosité! murmura Stanton Ware ironiquement.

– C'était un geste symbolique, expliqua sir Claude. L'impératrice but la première, puis fit passer la tasse en murmurant : « Nous formons tous une seule famille – une seule famille! »

– Et vous la croyez?

Sir Claude haussa les épaules.

– Pourquoi pas?

– En dépit de l'influence grandissante du I Ho Ch'uan?

Sir Claude se mit à rire.

– La Société pour une Lutte Juste et Harmonieuse, autrement dit l'ensemble des Boxers, est formée de jeunes gens qui, pour la plupart, n'ont guère plus de dix-neuf ans. Ils sont regroupés dans les provinces du Nord, particulièrement sur les frontières du Shantung et du Chihli.

– J'ai entendu dire qu'ils progressaient.

– Dans quelle direction? demanda sir Claude avec un geste de sa large main. En prétendant détenir des pouvoirs magiques, ils réussissent à attirer les Chinois ignorants, mais pour toute personne intelligente, ce ne sont que des plaisantins.

– Des plaisantins qui, à mon avis, ne vont pas nous faire rire du tout, répondit gravement Stanton Ware. Pour en venir aux faits, monsieur le ministre, demanderez-vous des troupes supplémentaires pour assurer au moins la protection de la légation?

Sir Claude répondit en riant :

– Des troupes supplémentaires? Celles que nous avons ont déjà assez peu de choses à faire. Tout ce que je peux dire, major Ware, c'est que vous faites une montagne d'un rien, que vous voyez des dragons en chair et en os, là où il n'y a que des dragons de papier.

Il rit de nouveau de sa propre plaisanterie.

Stanton Ware se leva.

– Je vous remercie de m'avoir accordé autant de votre temps, monsieur le ministre. Je rapporterai tout ce que vous m'avez dit au Premier ministre. Je suis certain que cela l'intéressera.

– Vous rentrez en Grande-Bretagne?

– Pas tout de suite, se contenta-t-il de répondre. J'ai quelques amis à voir, puis j'irai peut-être à T'ien-tsin et de là, en bateau jusqu'à Hong Kong.

– Alors, bon voyage, dit sir Claude. Je suis très heureux d'avoir fait votre connaissance, major Ware. J'espère que vous passerez un agréable séjour à Pékin.

Stanton Ware le salua et quitta la légation.

Il s'attendait à trouver un ministre britannique obtus, obstiné, entêté, mais pas un aussi parfait imbécile.

Le soir même un télégramme codé était envoyé au ministère des Affaires étrangères, demandant l'expédition urgente de « nouvelles pièces pour la machine ».

Stanton Ware, de retour à son hôtel, resta assis un moment pour réfléchir aux nouvelles informations qu'il venait d'apprendre sur la situation en Chine.

C'était un grand spécialiste des affaires de l'Orient. Quand le Premier ministre, le marquis de Salisbury, commença à s'inquiéter des bruits qui lui parvenaient, il était inévitable que quelqu'un dise :

– Faites venir Stanton Ware!

Celui-ci avait alors d'autres choses à faire et il avait obéi un peu à contrecœur.

Mais quand le Premier ministre lui eut exposé franchement la situation et après avoir lu les comptes rendus des agents britanniques sur toute la Chine, il s'aperçut que c'était exactement le genre de mission susceptible de l'intéresser.

Il savait aussi qu'on ne pouvait lui faire meilleur compliment qu'en lui demandant de s'en charger.

A trente-trois ans, il était maintenant expert dans les affaires d'Extrême-Orient et parlait couramment presque toutes les langues et dialectes dont il pouvait avoir besoin dans ses missions.

Il était allé si souvent dans des régions inconnues et dangereuses, il était revenu vivant et vainqueur de tant de situations où un autre aurait échoué ou se serait fait tuer, que sa chance était devenue légendaire parmi ses contemporains.

– Nous vous sommes extrêmement reconnaissants, major Ware, pour l'action que vous avez menée en Afghanistan, avait dit le Premier ministre au moment où il allait partir. Je pense qu'on me pardonnera si je vous confie que votre nom figure dans la liste des distinctions honorifiques de la nouvelle année.

Il lui était impossible de deviner, à l'expression de son visage, si Stanton Ware était heureux ou non d'apprendre qu'il allait être nommé Chevalier.

Celui-ci se contenta de saluer, murmura quelques paroles de remerciement et sortit avant que le Premier ministre puisse en dire plus.

– Quel type étrange! se dit le marquis de Salisbury quand il se retrouva seul. Mais, sans aucun doute, extrêmement capable.

Stanton Ware avait l'habitude, quand il se trouvait confronté à un problème important, de se relaxer pendant un moment pour réfléchir avant de prendre une décision.

Seules quelques personnes savaient qu'il avait passé deux ans de sa vie à étudier le yoga et les secrets de la méditation orientale dans une grande lamaserie d'Orient.

Cette discipline lui permettait de se maintenir dans une parfaite forme physique et lui donnait un étonnant pouvoir de perception – l'esprit de ceux qui, selon les Chinois, « perçoivent le monde au delà du monde ».

Stanton Ware ne prétendait pas détenir des pouvoirs magiques ou même de voyance, mais savait utiliser ce que les Tibétains appelaient le « troisième œil ».

C'est une sorte de sixième sens que possèdent et utilisent tous les humains, mais qu'ils perdent en s'attachant trop aux valeurs matérielles et en donnant au corps la priorité sur l'esprit.

Comme s'il se trouvait devant l'un de ces puzzles chinois, gravés dans l'ivoire, qui peuvent nécessiter toute une vie pour être résolus, Stanton Ware était maintenant assis, méditant sur ce qu'il savait et pressentait.

Il trouvait la situation encore plus inquiétante qu'il ne l'avait imaginée, car les personnages officiels en place ne voyaient pas les dangers qui les menaçaient.

Dans l'obscurité grandissante, une chaise à porteurs traversait les rues de la ville.

Pékin se dressait parmi des massifs de pins argentés, dans une plaine, à moins de cent cinquante kilomètres au sud de la Grande Muraille qui traverse d'ouest en est la Chine du Nord.

La ville était construite sur les flancs des collines qui ondoyaient vers le nord et l'ouest, tandis que dans les dépressions fertiles et embrumées étaient nichés les temples et les palais.

Quand les voyageurs entraient dans Pékin par la porte sud de la cité chinoise, le spectacle qui s'offrait à leurs yeux les frappait, tant il était différent de la beauté de la ville vue de l'extérieur.

Tout le long de la vaste artère qui conduisait à la Cité Impériale, des baraques et boutiques en chaume se serraient les unes contre les autres sur trois rangs. Des enseignes de tissu flottaient dans la brise et des mendiants en bandes organisées accostaient les passants.

A travers les rideaux qui voilaient la fenêtre de sa chaise, Stanton Ware pouvait voir tournoyer et danser les funambules, tandis que les pickpockets œuvraient parmi la foule.

Des voyants vendaient des almanachs porte-bonheur et des colporteurs présentaient, suspendus à leurs palanches, des paniers remplis de sucreries, d'aiguilles, de jouets, de thé, de gâteaux de riz et d'éventails.

Il y avait des artisans qui réparaient la porcelaine, des pédicures, des barbiers, des scribes, des charlatans et, bien sûr, les acrobates et jongleurs que la foule chinoise aimait tant, parfois accompagnés de singes et d'ours.

Ce spectacle était familier à Stanton Ware, qui y trouvait un charme bien particulier.

Il avait presque oublié l'odeur de la viande et du gibier en train de rôtir, celles du ginseng, du soja, de l'ail et du tabac qui flottaient dans les rues.

La chaise à porteurs se faufilait à travers la circulation de Pékin, parmi les charrettes, les brouettes, les ânes ployant sous des chargements énormes et les chameaux de Mongolie.

C'était la Chine que connaissaient la plupart des Chinois, avec ses mendiants aux pieds nus, déguenillés et les veilleurs portant leur lanterne et leur crécelle.

Bientôt, Stanton Ware se retrouva loin de la rue surpeuplée, dans une partie de la ville où les maisons semblaient plus riches. Enfin, les porteurs le déposèrent devant la Maison des Mille Plaisirs.

Comme toujours en Chine, rien ne laissait supposer ce que cachaient ces murs.

L'extérieur de la maison était même sans éclat,

presque terne. Mais une fois la porte ouverte, après être sorti de la chaise et avoir payé les porteurs, Stanton Ware se retrouva dans un intérieur tout différent.

Après la porte extérieure, il fallait en passer une autre, écarlate, décorée par plusieurs rangées de cinq boutons. Stanton Ware savait qu'il allait pénétrer dans une maison chinoise typique, avec ses neuf ou dix cours disséminées sur un vaste terrain, entourée chacune de trois ou quatre pavillons de plain-pied.

La Maison des Mille Plaisirs était unique, car chaque petit pavillon, avec son délicat treillis blanc, sa cour minuscule, et son bassin à poissons rouges, était attribué à une jolie femme.

Le serviteur qui fit entrer Stanton Ware le regarda avec curiosité : il avait en effet revêtu une longue cape et une capuche dissimulait en grande partie son visage.

– Je voudrais voir Délice d'Amour, dit-il.

– Si vous voulez bien me suivre, noble visiteur, je vais voir si Délice d'Amour peut vous recevoir.

Le serviteur conduisit Stanton Ware dans une pièce magnifiquement meublée selon la coutume chinoise, avec ses tables basses, ses coussins posés sur le sol et, aux murs, des peintures anciennes dont il savait apprécier la très grande valeur.

L'une d'elles lui avait toujours particulièrement plu; c'était une peinture sur soie, faite à l'encre et à l'aquarelle par le peintre Hung Hsien au XVIIe siècle; elle représentait des montagnes dans la brume.

Il savait que chaque coup de pinceau renfermait une signification particulière, contenait des secrets qui ne concernaient pas seulement le peintre, mais provoquaient une réaction différente chez tous ceux qui contemplaient ce tableau.

Il avait appris, longtemps auparavant, que dans toute peinture les représentations d'oiseaux, de fleurs, de poissons étaient peintes dans une attitude vivante et symbolisaient la vie en mouvement.

Il cherchait à savoir ce que la peinture de Hung Hsien signifiait pour lui, quand le serviteur revint.

– Délice d'Amour va vous recevoir, noble visiteur, annonça-t-il en s'inclinant.

Il précéda Stanton Ware dans un labyrinthe de couloirs qui passaient devant des pavillons où des femmes exquises aux noms énigmatiques étaient assises, environnées de beauté.

Stanton Ware se souvenait du nom de certaines; l'une s'appelait Heures Exquises, une autre Fleur Céleste, une troisième Tendre Soumission.

Il traversa presque toute la maison avant d'être introduit dans une pièce garnie de meubles rares en bois sculpté et laqué.

Des arbres nains poussaient dans des urnes de porcelaine posées contre les tentures en soie fine, qu'ornaient des phénix ailés et des dragons.

Mais Stanton Ware n'avait d'yeux que pour la jeune femme qui l'attendait. Dès qu'elle apparut, et qu'elle l'eut reconnu, l'air interrogateur de son visage peint disparut. Elle s'inclina très bas et dit, avec un sourire sur ses lèvres rouges :

– J'espérais, sans pouvoir en être sûre d'après la description du serviteur, que c'était bien vous, noble ami, vous que j'attends depuis de si nombreuses lunes.

Stanton Ware rejeta en arrière sa capuche et dégrafa sa cape. Le serviteur la lui retira avec tant de discrétion qu'il eut l'impression d'être servi par des mains invisibles.

Bientôt il se retrouva assis sur un siège bas

rembourré de coussins, un verre de vin *samshu* devant lui.

– Vous êtes resté longtemps absent, dit Délice d'Amour.

Ce n'était pas un reproche, mais plutôt un regret.

– Je suis revenu, car j'ai cru comprendre qu'il y avait une certaine agitation.

– Je suppose que c'est la raison pour laquelle vous êtes venu me voir.

– Je serais venu de toute manière, dit-il sincèrement, mais vous savez que j'ai besoin de votre aide.

– Que désirez-vous savoir?

– Avez-vous besoin de le demander? Que se passe-t-il en Chine? Quelles sont toutes ces rumeurs qui semblent de plus en plus menaçantes chaque mois?

– Vous avez raison. Il est vrai qu'elles sont menaçantes et j'aurais dû deviner qu'un jour ou l'autre vous reviendriez voir ce que vous pouvez faire.

– Et que puis-je faire?

Délice d'Amour, sans répondre, fit un geste explicite; puis elle dit à voix basse :

– Nous savons tous que l'année 1900 doit être une année malheureuse.

– Voilà ce dont je veux que vous me parliez.

– Les prédictions astrologiques sont mauvaises; ceux qui voient l'avenir dans les boules de cristal parlent non seulement de sang, mais de désastre pour la Chine.

– Quelle sorte de désastre? demanda Stanton Ware.

Il avait l'air détendu et, comme le vin était à son goût, il sirotait avec plaisir son verre de *samshu.*

Cependant son esprit demeurait en éveil, car il

savait que Délice d'Amour était mieux placée que personne pour lui apprendre bien des choses qu'il brûlait de savoir.

La Maison des Mille Plaisirs était la « Maison des Fleurs » la plus fermée, la plus luxueuse et la plus importante de toute la Chine.

Le bruit avait couru que l'empereur lui-même, avant d'être enfermé par sa tante dans le Ying Tai, la Terrasse de l'Océan, avait souvent visité, sous un déguisement, la Maison des Mille Plaisirs.

Elle jouissait de la protection des plus hauts fonctionnaires de la Cour, des mandarins de Pékin et de tous ceux de province qui se rendaient dans la capitale.

On leur avait parlé des plaisirs qu'ils connaîtraient s'ils choisissaient l'hospitalité de Délice d'Amour.

Quand un homme avait un peu trop bu, il arrivait qu'il soit tenté de discuter des affaires de l'Etat avec des jeunes femmes qui se montraient compréhensives comme peu d'autres femmes savaient l'être.

Bien souvent, des gens, curieux de connaître les coutumes chinoises, demandaient à Stanton Ware pourquoi les mandarins ou les hauts fonctionnaires de la Cour s'intéressaient aux femmes de la Maison des Mille Plaisirs.

– Après tout, ils ont à leur disposition autant de concubines qu'ils le désirent, faisait-on inévitablement remarquer.

Mais les concubines de la Cité Interdite, comme celles qui appartenaient aux riches mandarins et marchands, n'avaient aucun contact avec le monde extérieur.

Toute leur vie, tous leurs intérêts, étaient dévoués à la personne de leur maître et, en dehors de leur beauté physique, elles pouvaient être extrêmement ennuyeuses.

Au contraire, les jeunes femmes de la Maison des Mille Plaisirs étaient choisies non seulement pour leurs charmes, mais aussi pour leur intelligence.

C'est pourquoi Délice d'Amour se trouvait être, sans conteste, l'une des femmes les mieux informées de toute la Chine du Nord.

– Dites-moi où en est la situation, si vous le voulez bien, demanda alors Stanton Ware.

Il avait dans la voix une intonation et, sur les lèvres un sourire que bien des femmes, dans le monde entier, avaient trouvés irrésistibles.

– Vous êtes incorrigible, noble ami! dit Délice d'Amour en riant. Vous allez et venez à votre guise, je reste là à me demander si vous êtes mort ou vivant, puis vous revenez pour me presser comme une grenade!

Stanton Ware lui prit la main et la porta à ses lèvres.

– Vous avez toujours accepté de m'aider depuis que nous nous connaissons et je ne peux croire que vous refusiez maintenant.

Elle poussa un léger soupir.

– Je crois que je ne pourrais pas dire non, même si je le voulais. Que désirez-vous savoir?

– Tout, répondit-il. Comme vous le savez, cela fait plus de deux ans que j'ai quitté la Chine et les choses ont changé.

– C'est vrai, les choses ont changé, mais pas pour le mieux.

– C'est ce que j'avais déjà entendu dire avant de quitter l'Angleterre.

– Vous savez que tout progrès en Chine a été suspendu? L'impératrice douairière a informé les grandes puissances de sa décision d'interdire toute nouvelle construction de chemins de fer; il est désormais inutile que des délégués occidentaux lui soumettent leurs projets.

– C'est ce que l'on m'a dit, murmura Stanton Ware.

– Pas de chemins de fer, pas de progrès.

– C'est évident!

– Sa Majesté est prête à négocier avec l'Occident d'une seule manière : par les armes!

De nouveau, Stanton Ware hocha la tête.

– Elle a donné l'ordre aux généraux de s'entraîner selon les techniques occidentales et d'acheter des armements occidentaux. Savez-vous pourquoi? demanda Délice d'Amour.

– Dites-le-moi, répondit-il, je suis ici pour vous écouter.

– Pour débarrasser la Chine des étrangers!

– Je doute que la Chine soit suffisamment puissante, dit Stanton Ware lentement.

– Mais, répliqua-t-elle, vous n'avez actuellement pas assez d'armes ni de troupes sur le terrain, pour arrêter le flot qui pourrait vous engloutir.

C'était bien l'opinion de Stanton Ware, mais il était surpris de constater que Délice d'Amour s'en soit aussi rendu compte.

– L'impératrice douairière jette de la poudre aux yeux des étrangers, poursuivit-elle à voix basse, mais les Boxers soulèvent les foules et vont partout en hurlant : « A mort! A mort les étrangers! »

– Où en est exactement leur force?

– La foi donne beaucoup de force et leurs prétendus pouvoirs magiques convainquent ceux qui sont assez stupides pour se laisser impressionner par des cartouches à blanc et par des gens qui, en état de transe, paraissent insensibles aux flèches.

Comme Stanton Ware se taisait, Délice d'Amour ajouta :

– Ils font aussi circuler des superstitions auxquelles les Chinois sont toujours prêts à croire.

– Quel genre de superstitions?

– Ils prétendent que les routes et les voitures en métal des chemins de fer dérangent le dragon terrestre en détruisant les influences bénéfiques de la terre.

Stanton Ware sourit; il savait que les peuples primitifs ont toujours peur des trains, quand il les voient pour la première fois.

– Ils disent que le liquide rouge qui tombe goutte à goutte du serpent de fer, c'est-à-dire l'eau de rouille des fils télégraphiques oxydés, est le sang des esprits de l'air.

– Y a-t-il vraiment des gens pour croire à de telles absurdités? demanda Stanton Ware.

– Ils affirment que les missionnaires retirent les yeux, la moelle et le cœur des morts pour en faire des médicaments et que quiconque boit un verre de thé dans une mission tombe mort sur-le-champ : sa cervelle éclate et jaillit de son crâne!

En détournant les yeux, elle poursuivit à voix basse :

– Les Boxers prétendent aussi que les enfants accueillis dans les orphelinats sont tués, que l'on utilise leurs intestins pour transformer le plomb en argent et fabriquer des remèdes précieux.

– Il faut être vraiment stupide pour croire à de telles histoires, dit Stanton Ware.

Cependant il n'oubliait pas les torts causés autrefois par les missionnaires.

– Vous dites que les Boxers sont de plus en plus puissants, dit-il après quelques instants de silence.

L'impératrice ne soutient tout de même pas cette racaille?

– Officiellement, elle dit qu'il faut les maîtriser et les empêcher de s'accroître.

– Et officieusement?

– Quand certains hauts fonctionnaires traitèrent les Boxers comme des rebelles et tentèrent de les disperser, le gouverneur de la province, furieux, affirma qu'ils constituaient la milice patriotique exigée par le Vénérable Bouddha depuis à peu près un mois.

– Qui peut ouvrir les yeux de l'impératrice sur le danger d'une telle politique? demanda Stanton Ware.

Délice d'Amour fit, de ses jolies mains, un petit geste d'impuissance, avant de répliquer :

– Ce n'est pas à moi de le dire. Mais il faut que quelque chose soit fait, et vite, si l'on ne veut pas que se réalisent les prédictions d'un désastre pour la Chine.

Elle dit ces mots avec une grande gravité. Stanton Ware savait qu'elle aimait beaucoup son pays, sans compter que des émeutes et des combats dans Pékin même auraient un effet désastreux sur son commerce.

– N'y a-t-il aucun fonctionnaire assez courageux pour signifier franchement à l'impératrice qu'elle doit prendre des mesures contre ces jeunes voyous avant qu'il ne soit trop tard?

– L'empereur voulait favoriser le changement, mais il échoua dans sa lutte pour le progrès. Ceux qui le soutenaient furent exécutés, ou envoyés en exil et les autres prirent peur.

– Tous? demanda Stanton Ware.

– Il reste Li Hung-Chang!

Stanton Ware hocha la tête.

Il savait que Li Hung-Chang avait été parmi les hauts fonctionnaires en qui l'empereur avait mis toute sa confiance et qu'il était le dirigeant le plus progressiste de Chine.

Il avait encouragé la construction d'arsenaux, de chantiers navals, de navires de guerre et cinq ans auparavant, en 1895, il était allé au Japon négocier le traité qui avait mis fin à la guerre sino-japonaise.

Il admirait le Japon, pays en voie de modernisation depuis des années.

Le prince japonais Ito avait rapporté à Stanton Ware comment Li Hung-Chang avait résumé les problèmes de la Chine :

– Mon pays est entravé par ses traditions et ses coutumes, avait-il dit, et le régionalisme est encore puissant dans de trop nombreuses provinces.

Il était trop loyal pour parler de la terrible lutte pour le pouvoir qui déchirait la famille impériale. Mais même après la défaite de l'empereur, Li Hung-Chang essaya toujours de promouvoir des idées nouvelles et tenta de convaincre l'impératrice obstinée de ne pas maintenir la Chine à l'époque du Moyen Age.

C'était quelqu'un de trop important pour que l'impératrice puisse se dispenser totalement de ses services. Aussi le nomma-t-elle vice-roi de Kwang Tung et de Kwangsi au sud du pays, ce qui était une façon de l'éloigner des Chambres des conseillers à Pékin.

Néanmoins, à soixante-dix-sept ans, il demeurait un personnage puissant dans le pays, quelqu'un que respectaient encore de nombreux intellectuels chinois.

– Comment pourrais-je le rencontrer? demanda Stanton Ware.

Délice d'Amour fit alors un petit geste plus expressif que le haussement d'épaules cher aux Français et animé d'une grâce toute chinoise, puis elle s'écria :

– Attendez! J'ai une idée! Li Hung-Chang a ici, à Pékin, un ami intime, Tseng-Wen, un mandarin très influent. Quand Li Hung-Chang rend visite à l'impératrice douairière, il va toujours voir son ami.

– J'aimerais faire sa connaissance, dit Stanton Ware.

– C'est très facile; Tseng-Wen est un de mes amis et rien ne pourrait me faire plus plaisir que d'être le lien entre deux personnes qui me sont aussi chères : vous et lui!

– Et comment pourrai-je vous remercier?

– Que puis-je demander? répliqua-t-elle.

Il lança les mains en avant d'une manière éloquente et donna la réponse traditionnelle en Orient :

– Tout ce que je possède est à vous!

Elle prit une de ses mains, la retourna et, inclinant la tête, en toucha la paume de son front.

La maison de Tseng-Wen faisait grande impression et, quand la chaise à porteurs s'ouvrit devant sa porte, Stanton Ware comprit qu'elle ne pouvait appartenir qu'à un homme riche et puissant.

Il avait revêtu le long manteau de brocart doublé que portaient la plupart des Mandchous en hiver. Sur sa tête, il avait mis la coiffe noire à bords relevés qu'arboraient généraux et hommes d'Etat.

Il s'était ainsi déguisé car il pensait que ce pourrait être gênant pour Tseng-Wen qu'on le vît recevoir un étranger.

Bien que l'influence des Boxers n'eût pas encore atteint Pékin, Stanton Ware avait été frappé par l'atmosphère anti-occidentale qui régnait un peu partout. En marchant dans les rues, il entendait chuchoter les gens et, dans les boutiques, les vendeurs, qui ne savaient pas qu'il comprenait le chinois, disaient souvent pendant qu'il attendait :

– Qui va servir ce diable d'Occidental?

Tous ces murmures, ces gestes furtifs, n'étaient certainement pas aussi manifestes lors de son dernier séjour à Pékin.

Même si ces incidents étaient en eux-mêmes peu importants, il savait qu'ils faisaient peser sur les relations pacifiques entre la Chine et l'Occident une menace toujours croissante, qui risquait fort d'entraver le commerce des cinq puissances occidentales dans le pays.

Le commerce était d'une importance vitale pour les Chinois eux-mêmes, mais il était à craindre que l'impératrice douairière n'eût pas l'intelligence de s'en rendre compte.

En vérité, c'était la faiblesse de la dynastie mandchoue qui avait permis aux étrangers de s'approprier certaines parties du territoire chinois. Certains donc étaient en droit de craindre un désastre pour l'Empire chinois – désastre dû, pour une large part, aux intrigues des puissances étrangères.

Mais comment expliquer au groupe dirigeant que le mieux pour l'avenir de la Chine était de promouvoir les progrès apportés par l'Occident : le développement des chemins de fer et du télégraphe, la construction de navires et d'armes modernes.

Stanton Ware, qui avait vécu parmi les gens du peuple en Orient, comprenait bien leur besoin de se tourner vers la magie pour alléger leurs craintes et soulager leur pauvreté.

La corruption et la prodigalité aberrante de ceux qui détenaient le pouvoir dépouillaient peu à peu le pays de ses plus grandes richesses. Le ressentiment caché de tous les autres, accablés d'impôts, risquait un jour ou l'autre d'éclater et de provoquer la destruction et le désastre.

Stanton Ware n'avait pas discuté avec le ministre britannique d'une affiche collée l'année précédente dans la ville de Hien-Hien, de la province de Chihli, et qui disait ceci :

Les patriotes de toutes les provinces, devant l'abus de pouvoir exercé par les Occidentaux, ont décidé de se rassembler le quinzième jour de la quatrième lune pour tuer tous les Occidentaux et brûler leurs maisons. Ceux qui nous désapprouvent sont soit des scélérats, soit des femmes de mauvaise vie.

Cet appel n'avait soulevé que peu d'intérêt, tant à Pékin qu'à Londres, quand les missionnaires jésuites en avaient rapporté les termes.

Stanton Ware, quant à lui, avait vu dans cette proclamation le début de l'agitation. Il n'y avait eu aucune poursuite à l'encontre des Boxers qui, peu à peu, gagnèrent en nombre et en considération.

Il espérait cependant qu'il était encore possible de faire quelque chose pour sauver la Chine. Mais il avait compris, dès son arrivée, qu'il était un peu tard et que la dernière heure approchait. Aussi estimait-il, sans se flatter, que l'on aurait dû le faire venir bien plus tôt.

Sur le chemin de la maison de Tseng-Wen, il avait retourné dans son esprit tout ce qu'il savait de Li Hung-Chang et il sentait que, si quelqu'un pouvait l'aider, c'était bien le vieux vice-roi.

Il pénétra dans la maison de Tseng-Wen et put assitôt constater qu'il était attendu.

Après avoir traversé une cour plantée d'arbres nains, il fut conduit jusqu'à une vaste pièce au plafond très haut.

Comme toujours en hiver, le sol était recouvert

de magnifiques tapis épais, qui seraient remplacés en été par des nattes de bambou délicatement peintes, appréciées pour leur clarté et leur fraîcheur.

Aux murs étaient accrochés des panneaux de soie peinte tendus entre deux baguettes, des tableaux que Stanton Ware avait grande envie d'examiner, sans parler d'une inestimable collection de jades précieux.

La porte s'ouvrit alors et un vieux gentilhomme chinois, à la longue barbe grise, apparut.

Dès qu'il le vit, Stanton Ware, qui avait l'habitude de juger les gens au premier regard, comprit que c'était un homme digne de confiance et d'amitié.

Il est peu poli en Orient de se montrer impatient et ils commencèrent par échanger plusieurs salutations.

Puis le mandarin épousseta avec la riche soie de sa robe le siège immaculé où allait s'asseoir Stanton Ware, qui fit de même pour lui.

Ils se saluèrent de nouveau et enfin prirent place. Un serviteur leur apporta du vin, accompagné de délicieuses friandises qu'il déposa sur une table basse devant eux.

Tout était servi dans des assiettes de porcelaine d'une telle finesse que Stanton Ware se retint avec peine d'y faire allusion. Mais sachant que ce serait considéré comme un manque de courtoisie, il attendit que Tseng-Wen prît la parole.

Son visage d'homme âgé était triste et rongé par l'inquiétude, des marques profondes se creusaient sous ses yeux.

– Mon fils, dit-il lentement, vous venez dans de bien tristes circonstances. J'ai le cœur lourd quand je pense à l'avenir de ce pays. Des heures sombres approchent, mais mon amie de la Maison des Mille

Plaisirs m'a assuré que vous seul, peut-être, pourriez empêcher le massacre.

– Vous me faites beaucoup d'honneur, noble maître, répondit Stanton Ware. Je suis venu chercher l'appui de votre sagesse.

Tseng-Wen poussa un soupir.

– Notre conversation devra rester ignorée de tous.

Il poursuivit en baissant le ton de sa voix :

– Sa Majesté l'impératrice douairière est convaincue que l'espoir de libération de notre pays est entre les mains des Boxers. Depuis que je me suis risqué à lui exprimer mon désaccord, un nuage voile le soleil et je vis dans l'ombre.

– Sa Majesté le croit-elle vraiment ?

Le vieil homme hocha la tête.

– Elle a toujours été très superstitieuse et elle consulte de nombreux oracles et médiums.

– Mais alors, interrompit Stanton Ware, elle doit sûrement savoir que cette année sera, selon les prophéties, une année de désastre !

Tseng-Wen soupira de nouveau.

– Vous savez, l'impératrice est entourée d'un grand nombre de personnes sans scrupules qui lui racontent ce qu'elle a envie d'entendre !

Stanton Ware était en effet persuadé qu'il ne devait pas manquer de hauts fonctionnaires ayant tout intérêt à maintenir l'impératrice dans l'ignorance de bien des événements qui se tramaient à l'extérieur de la Cité Interdite.

– Mais enfin, dit-il, l'impératrice ignore-t-elle la réputation des Boxers ?

Tsen-Wen secoua la tête, l'air désemparé.

– Une personne bien placée m'a appris qu'elle répétait les incantations des Boxers soixante-dix fois par jour.

– En quoi cela consiste-t-il?

Le vieux mandarin hésita, comme s'il ne pouvait se décider à souiller ses propres lèvres avec de telles paroles, puis il récita à voix basse :

– Je suis l'Esprit du nuage glacé, derrière moi est couchée la Divinité du Feu. J'invoque les dieux noirs de la peste!

Et il ajouta, le regard sombre :

– Toutes les fois que Sa Majesté répète ces paroles, son Premier conseiller s'écrie : « Que disparaisse un nouveau diable de l'Occident! »

– C'est tout à fait puéril! s'écria Stanton Ware.

– Quel que soit celui qui allume le feu, la douleur de la brûlure est la même, fit remarquer le vieil homme.

– Y a-t-il quelque chose que je puisse faire?

– J'y ai réfléchi avant votre arrivée, répondit Tseng-Wen. Comme vous devez déjà le savoir, un seul homme peut, s'il le désire, sauver la Chine.

Stanton Ware attendit, mais il connaissait déjà la réponse.

– Li Hung-Chang est un homme en qui j'ai toujours eu confiance, dit Tseng-Wen, bien que l'on ait raconté sur son compte beaucoup de choses qui ont terni sa réputation et rendu les Occidentaux méfiants quant à sa sincérité.

Tseng-Wen n'avait pas besoin de répéter tout ce que Stanton Ware savait déjà. On disait que Li Hung-Chang s'était laissé corrompre – il était indiscutablement l'un des hommes les plus riches de Chine –, et qu'en dépit de ses apparences progressistes, il n'avait pas soutenu l'empereur contre sa tante.

Mais il avait consacré sa vie au service de la Chine et fut pratiquement le seul à dire des étrangers :

« Ils agissent selon des principes intègres et amicaux et ne nourrissent aucun sentiment d'animosité envers la Chine. »

Il n'était pas mandchou comme la plupart de ceux qui se trouvaient au service de l'impératrice douairière et presque tous les dirigeants de la Chine.

C'était un Chinois de la dynastie des Hans, de haute taille, autoritaire, un homme animé d'une ambition exceptionnelle, qui parlait le dialecte de sa province natale d'Anhwei.

La famille de Li Hung-Chang avait été tuée par les rebelles Taipings et, à l'âge de trente-neuf ans, il était devenu gouverneur de Kaingsu.

Toute sa vie il avait lutté, parfois seul, pour que la Chine prenne place au rang de grande puissance dans un monde qui évoluait rapidement. Stanton Ware était convaincu que Tseng-Wen avait raison de dire que le seul espoir reposait maintenant entre les mains de Li Hung-Chang.

– Comment pourrais-je le voir? demanda-t-il.

– C'est difficile, mais pas impossible.

– Que faut-il faire?

– Vous ne pourrez pas le rencontrer en tant qu'étranger; ce serait dangereux, aussi bien pour vous que pour lui. Les esprits sont si échauffés que non seulement vous risqueriez d'y perdre la vie, mais aussi Li Hung-Chang son pouvoir.

– Je me suis déjà fait passer pour un Mandchou, dit Stanton Ware en souriant.

– Ce ne doit pas être bien difficile pour vous, répliqua Tseng-Wen, car les Mandchous, à la différence des Chinois, sont grands et, à la frontière de Mandchourie, souvent forts et vigoureux comme vous.

Stanton Ware ne fit aucun commentaire. Tseng-Wen poursuivit :

– A la nouvelle lune, Li Hung-Chang doit aller séjourner chez le prince Tuan, dont le palais se trouve au pied des montagnes de l'Ouest, à deux jours de voyage d'ici.

Stanton Ware eut l'air soulagé. La perspective d'un voyage jusqu'à la province de Kwang Tung dont Li Hung-Chang était le vice-roi ne l'enthousiasmait guère. Non seulement le voyage aurait été fastidieux, mais surtout il n'aurait pas été surprenant que les événements tant redoutés se produisent avant qu'il ait atteint son but.

– Je pourrai facilement être reçu dans le palais avec votre aide bienveillante, dit Stanton Ware. Je vous suis très reconnaissant.

– C'est à nous qui aimons la Chine de vous remercier. Mais avant que vous ne partiez, il nous faut préparer ensemble ce voyage avec le plus grand soin.

Stanton Ware parut surpris.

– Non seulement vous voyagerez sous le déguisement d'un mandarin, mais il est nécessaire que Li Hung-Chang lui-même vous prenne pour un mandarin.

Tseng-Wen poursuivit avec gravité :

– S'il refusait de vous recevoir et apprenait que vous êtes un étranger, il est certain que votre vie serait en danger. De plus je ne fais pas confiance au prince Tuan.

Stanton Ware resta silencieux.

– Ce serait agir à la légère que de prendre des risques inutiles. Il y a un an, l'un de mes amis intimes a renoncé au monde et s'est retiré dans une lamaserie. C'est un mandarin.

Tseng-Wen avala une gorgée de vin avant de reprendre :

– Je sais qu'il serait fier de vous prêter son nom et sa position pour servir notre pays bien-aimé.

– Je suis profondément honoré, murmura Stanton Ware.

– Li Hung-Chang restera au palais le temps de savoir quel accueil lui réserve l'impératrice douairière. Vous le savez, ses réactions sont tout à fait imprévisibles.

– Je pourrai donc lui rendre visite dès son arrivée au palais.

Tseng-Wen hocha la tête en signe d'approbation.

– Vous irez le voir pour lui apporter des messages et des présents de ma part. Le moindre faux pas n'engagerait pas que vous, mais aussi mon ami et moi-même. C'est pourquoi, si vous jouez le rôle d'un mandarin, vous devez l'être en paroles, en actes et en pensées.

– Maître honoré, votre sagesse est telle que je l'espérais.

– Comme il est important que vous puissiez prendre connaissance non seulement de ce que Li Hung-Chang vous dira, mais encore de tous les secrets qui peuvent être cachés au palais, quelqu'un vous accompagnera.

– Je vous suis infiniment reconnaissant, vous devez le savoir, dit Stanton Ware.

– Je vous en prie, mon fils. Et maintenant, je désire que vous fassiez la connaissance de la personne qui va vous accompagner au cours de ce voyage d'une importance extrême, et sur lequel repose peut-être le destin de la Chine.

En disant ces mots, il frappa dans ses mains et un serviteur apparut à la porte. Le vieil homme dit simplement deux mots et, après s'être incliné, le serviteur disparut, tandis que Stanton Ware prenait, tout en réfléchissant, son verre de vin.

Il se demandait quel genre d'homme Tseng-Wen avait choisi pour voyager à ses côtés. Il supposait que ce serait quelqu'un qui avait l'habitude d'espionner ses ennemis.

Tout mandarin, tout personnage influent, avait un certain nombre de personnes de ce genre à son service. Ces personnes parlaient plusieurs langues et savaient obtenir les confidences des serviteurs et fonctionnaires subalternes.

La porte s'ouvrit.

Stanton Ware prit le temps de poser son verre avant de se retourner. Il savait que, selon les principes chinois, c'était toujours une erreur que de montrer son impatience.

Alors, comme il tournait lentement la tête, il faillit se trahir en laissant échapper une exclamation.

Car ce n'était pas un homme qui était entré dans la pièce, mais une jeune femme et, sans aucun doute, la plus belle qu'il eût jamais vue.

2

L'arrivée du printemps à Pékin fut soudaine, inattendue; la ville se trouvant très au nord, le printemps s'y installait toujours plus tard que nulle part ailleurs dans le pays.

Mais dans la cour de la maison de Tseng-Wen, les amandiers étaient maintenant en fleur, le magnolia en boutons et les grenadiers commençaient à rosir.

Les vents n'étaient plus aussi glacials, et Stanton Ware pouvait sentir la chaleur du soleil sur son visage.

Il savait qu'à la sortie de la ville, le paysage chinois devait être enchanteur. Mais il fallait se contenter des cours de la maison de son hôte où, dans des bassins de pierre entourés d'arbres nains, les poissons rouges nageaient parmi les feuilles vertes et les nénuphars.

Cependant, il n'ignorait rien de ce qui se passait à l'extérieur, car Tseng-Wen avait mis à son service un homme du nom de Yin.

C'était l'un de ces Chinois vifs, intelligents, qui rapportent à leur maître toutes sortes de renseignements secrets sur ce qui se trame un peu partout, de la Cité Interdite au quartier des mendiants.

Yin était le genre de compagnon que Stanton Ware eût aimé emmener pour son voyage jusqu'à Li Hung-Chang. Depuis une semaine qu'il était chez Tseng-Wen, il n'arrivait toujours pas à croire que c'était une femme qui allait l'accompagner.

Quand, chez Tseng-Wen, il avait eu la surprise de la voir pour la première fois entrer dans la pièce où ils se trouvaient, il s'était dit, et se disait toujours, qu'elle était la plus belle femme qu'il eût jamais vue.

Elle portait le costume traditionnel chinois : une longue tunique droite de satin, brodée de phénix et de fleurs, et un pantalon de la même soie, tombant sans un pli sur ses souliers décorés de perles.

Mais grâce à sa connaissance des diverses nationalités cohabitant en Chine, Stanton Ware avait deviné qu'elle n'était pas une pure Mandchoue.

Sans le regarder, elle avait traversé la pièce pour aller, selon l'usage, s'agenouiller devant Tseng-Wen, en inclinant la tête jusqu'au sol.

– Vous m'avez fait demander, maître, dit-elle.

Stanton Ware eut l'impression que sa voix basse, douce et musicale vibrait en lui et y éveillait un écho, comme s'il l'avait déjà entendue.

Puis il se dit qu'il devait se tromper, car s'il avait contemplé une seule fois un aussi beau visage, il lui aurait été impossible de l'oublier.

– Relève-toi, ma précieuse enfant, dit Tseng-Wen. Je désire que tu fasses la connaissance du major Ware, l'homme dont je t'ai parlé.

Stanton Ware s'était tout naturellement levé et l'avait saluée avec courtoisie, en remarquant toutefois que la jeune fille ne lui répondait que par politesse, pas aussi chaleureusement qu'elle aurait pu le faire.

S'adressant à lui, Tseng-Wen déclara :

– Je vous présente Perle Fine, la fille de mon cœur et de mon âme, bien qu'en fait nous n'ayons aucun lien de parenté dans cette vie-ci.

Stanton Ware comprit qu'il voulait parler de réincarnations précédentes.

– Zivana, car tel est son véritable nom, est la fille du prince Vassili Kovanovich, pour qui j'avais beaucoup d'affection dans ma jeunesse.

Il allait poursuivre quand la jeune fille l'interrompit :

– Serait-ce douter de votre sagesse, très noble maître, si je suggérais qu'il est peu raisonnable de confier nos secrets à un étranger ?

Tseng-Wen sourit.

– Aurais-tu oublié, mon enfant, que toi aussi tu es une étrangère ? De plus, ta mère était anglaise.

Un éclair furieux embrasa son regard.

– Je hais les Anglais, vous le savez très bien ! Ma mère était une sainte et sa famille l'a répudiée parce qu'elle avait épousé mon père.

– Tu es néanmoins la fille de ta mère, répondit Tseng-Wen, et ton pays d'adoption, la Chine, a besoin de ton aide. C'est pour cela qu'il te faut travailler avec le major Ware.

Stanton Ware ne pouvait ignorer la colère contenue dans le regard qu'elle lui lança, ni la moue sur ses lèvres aux courbes exquises. Il sentait bien qu'elle faisait appel à toute sa volonté pour ne pas donner libre cours aux paroles de défi qui lui venaient à la bouche.

Ne souhaitant pas s'encombrer d'une femme et, encore moins, d'une femme qui l'accompagnerait contre son gré, Stanton Ware s'empressa de dire :

– Je m'incline devant votre sagesse, honorable hôte, mais cette dame n'a peut-être pas tort de suggérer que, si elle m'accompagne dans ma mission, les dangers que je rencontrerai seront multipliés par deux.

De nouveau, Tseng-Wen sourit.

– Je n'ai pas terminé les présentations, dit-il avec un léger ton de reproche. Bien que Zivana soit née d'un père russe et d'une mère anglaise, sa grand-mère était une princesse mandchoue de la maison royale.

Il s'interrompit, comme pour donner plus de poids à ses paroles, puis il reprit :

– Elle fut élevée selon les usages et les coutumes d'un palais impérial. C'est pourquoi elle sera pour vous une aide indispensable quand vous serez l'hôte du prince Tuan.

Stanton Ware semblait peu convaincu et Zivana dit, presque méprisante :

– Pensez-vous réellement que cet Anglais puisse tromper le prince ou la perspicacité de Li Hung-Chang?

Aucun des deux hommes ne répliqua et elle poursuivit :

– Le vice-roi est allé en Angleterre et a voyagé dans de nombreuses parties du monde. Il pourrait remarquer une caractéristique anglaise, une tournure de phrase anglaise, qui échapperaient à d'autres.

– Je suis parfaitement conscient de ce risque, répondit calmement Tseng-Wen. Aussi est-ce notre devoir, le tien et le mien, ma très chère fille, de prévenir de telles erreurs et de tout faire pour que, si les dieux le veulent, la mission du major Ware réussisse.

De nouveau Stanton Ware s'aperçut que les beaux yeux de Zivana trahissaient son antipathie.

Jamais il n'avait vu des yeux aussi expressifs ni aussi révélateurs. Ils étaient sombres, avec cependant d'étranges lueurs qui les rendaient très différents des yeux chinois.

Sa chevelure aussi était sombre, de ce beau noir de jais qui constitue la marque de beauté la plus précieuse chez tous les Mandchous.

Mais elle avait en plus des reflets bleutés qui donnaient à la jeune fille une allure irréelle, éthérée, rehaussée encore par la pure blancheur translucide de sa peau et l'impression qu'elle donnait d'être si légère, si mince, comme désincarnée.

Pour une Mandchoue elle était petite, mais pas pour une Chinoise, les Chinois étant comme on le sait, de petite taille.

A l'origine, les femmes mandchoues étaient toutes grandes, fortes; élevées dans les montagnes, elles chevauchaient aux côtés des hommes et gardaient les troupeaux dans les rudes contrées nordiques.

Mais leur famille royale descendait des grands empereurs du Nord et des Mandchous de sang royal qui étaient les hommes les plus cultivés et les plus intelligents de tout l'Orient.

Après avoir colonisé les Chinois pendant deux siècles, les Mandchous avaient à leur tour été soumis. Ces audacieux archers, chasseurs, guerriers, à la vie rude, finirent par céder au charme de la sagesse chinoise et de la philosophie pacifique de Confucius.

Leur âme fière était néanmoins toujours vivace et, chez certains, demeurait une flamme spirituelle inextinguible.

En regardant Zivana, Stanton Ware songeait que les mélanges de sang en elle avaient produit quelque chose de si rare, de si précieux, qu'on pouvait la comparer à un délicat vase de porcelaine, transparent à force de finesse. Il devinait au delà de sa beauté extérieure un rayonnement intérieur qui le touchait dans toutes les fibres de son être.

Cependant, l'antipathie de la jeune fille à son égard était évidente.

– Vous savez que tout ce que vous m'ordonnerez de faire, dit-elle à Tseng-Wen, je le ferai par amour pour vous. Mais je ne suis toujours pas convaincue que cet étranger puisse être le sauveur de la Chine.

– S'il échoue, il n'y a personne d'autre à qui nous puissions faire confiance.

Stanton Ware l'interrompit :

– Je suis flatté et honoré, mais en même temps veuillez associer ma requête à celle de cette jeune personne; je préférerais rendre visite à Li Hung-Chang seul.

– Cela paraîtrait curieux qu'un mandarin jeune, vigoureux et viril, voyage sur une aussi longue distance sans compagnie. C'est l'usage qu'un homme de cette condition soit accompagné d'une concubine et je ne voudrais confier cette tâche à personne d'autre que Zivana.

– Une concubine? s'écria Stanton Ware, stupéfait.

En même temps, il se rendait compte que c'était exactement ce que Li Hung-Chang et, plus encore, le prince Tuan attendraient du personnage qu'il allait jouer.

Il essaya de penser à d'autres solutions.

Mais il savait que le genre de jeune femme que pourrait lui procurer Délice d'Amour dans la Maison des Mille Plaisirs serait inutile dans un voyage aussi important.

Elle ne lui serait d'aucun secours personnel et il ne pourrait lui révéler la vérité, ni lui apprendre qu'il était un étranger.

Comme s'il devinait les pensées qui traversaient l'esprit de son invité, Tseng-Wen dit :

– Nous n'avons pas le temps de discuter plus longuement. Il nous faut préparer notre plan d'action et vous avez beaucoup à apprendre.

Il se tourna vers Zivana.

– Et toi, mon enfant, ma perle précieuse, à qui je confie la sécurité de cet homme, il faut que tu l'instruises comme je le ferai, afin qu'il connaisse parfaitement son rôle avant votre départ à tous deux.

Le vieux mandarin avait parlé avec une autorité qui, Stanton Ware le sentait, rendait ses paroles péremptoires. Comme si elle le comprenait aussi, Zivana inclina son adorable tête en signe de soumission.

A partir de ce moment, Stanton Ware eut l'impression de se retrouver au collège.

Il apprit qu'il y avait quatre rangs de mandarins. Leur position était affichée par l'importance de leur suite et de leur équipage, par la couleur de leur attelage, le bouton de leur coiffe ronde et le *pu tzu,* cette plaque brodée qu'ils arborent sur la poitrine.

Les mandarins du premier et du second rang portent du vert, ceux du troisième et du quatrième rang du bleu, tandis que le jaune impérial est réservé au Fils du Ciel seul et à sa suite.

L'ami de Tseng-Wen était un mandarin du second rang et les vêtements de Stanton Ware furent choisis en conséquence; le bouton au sommet de sa coiffe ronde était un corail, sa plaque, un faisan doré.

Il dit en plaisantant qu'il était déçu de ne pouvoir rivaliser avec le général Gordon.

En effet, le héros de Khartoum était passé par la Chine et on lui avait accordé les plus hautes distinctions en reconnaissance de sa brillante campagne contre les Taipings. Il avait donc reçu les attributs du premier rang : la veste jaune de cavalier et le bouton en rubis.

Tseng-Wen répondit simplement :

– Tout vient à son heure, mon fils. Qui se hâte lentement est sûr d'atteindre son but.

Pendant deux heures le matin et deux heures l'après-midi, Stanton Ware avait des leçons de langue mandchoue et révisait l'histoire et les coutumes de ce peuple qu'il connaissait déjà très bien.

Il avait suffisamment de bon sens pour savoir que l'on a toujours quelque chose à apprendre et il s'appliquait aussi bien que n'importe quel collégien.

Il découvrit comment se comporter selon l'étiquette avec ses égaux, ses supérieurs et leur suite, ainsi qu'avec ses serviteurs.

Enfin, deux heures chaque jour, il parlait avec Zivana, qui lui apprenait bien des choses qu'il ignorait sur les femmes en Chine.

Comme il faisait déjà chaud, ils s'asseyaient dehors, dans l'une des cours.

En la voyant s'approcher, dans ses robes chinoises délicatement brodées, il avait l'impression qu'elle se confondait avec les fleurs, que sa beauté en était le reflet.

Mais elle lui parlait avec froideur, car elle n'éprouvait pour lui aucune sympathie. Elle n'exprimait cependant jamais ses sentiments et demeurait impassible et impénétrable, comme une authentique Chinoise.

En tant que mandarin, il était important, lui avait dit Tseng-Wen, qu'il sache tout sur l'impératrice douairière et sur les intrigues qui se tramaient dans la Cité Interdite.

Quand Zivana évoqua les folles dépenses de l'impératrice douairière, il perçut, pour la première fois, une certaine émotion dans sa voix.

– Dans ce pays, des gens meurent de faim, dit-elle. Ils sont accablés d'impôts et il est difficile pour un simple Chinois d'obtenir justice.

– Comment le savez-vous? demanda Stanton Ware.

– J'ai beaucoup voyagé, répondit-elle froidement, comme si elle lui reprochait de lui poser une question personnelle. (Puis elle reprit :) On estime à six millions cinq cent mille livres sterling les dépenses annuelles de la Cité Interdite! Et six mille personnes seulement y vivent.

– Comment peuvent-ils dépenser autant? demanda-t-il.

– Ce qui a exaspéré le peuple plus que tout c'est la manière dont l'impératrice douairière a volé les fonds de l'Etat pour se faire construire un palais d'été.

Stanton Ware en avait entendu parler, mais il feignit de tout ignorer :

– Comment s'y est-elle prise?

– Je suppose qu'en vérité elle n'a jamais pu oublier les palais d'été détruits, dont l'un par les Anglais.

– Elle décida donc de s'en faire édifier un nouveau, suggéra-t-il.

– L'un de ses ministres, reprit Zivana, permit à l'impératrice de piller les fonds attribués au ministère de la Marine et de détourner au profit de sa bourse personnelle d'énormes sommes destinées à la construction de navires de guerre et d'ouvrages maritimes indispensables.

– C'est scandaleux, mais l'on pouvait s'y attendre! s'écria Stanton Ware.

– Les dépenses effectuées à son profit ne faisaient que commencer. Tant d'autres choses encore ont été rapportées sur son compte qu'il n'est pas surprenant que le peuple se tourne vers n'importe qui pour le gouverner, même vers les Boxers.

– Qu'a-t-on raconté encore?

– Auriez-vous oublié que le Vénérable Bouddha partagea autrefois la régence de Niuhura, première épouse de son mari, et impératrice couronnée?

– Bien sûr, je m'en souviens.

– La jalousie des deux femmes après la mort de l'empereur n'était un secret pour personne, et chacun comprit ce qui s'était passé quand, un aprèsmidi, tandis que Niuhura contemplait les poissons rouges dans le jardin, un eunuque vint lui offrir de la part de sa co-régente un plateau de friandises.

Stanton Ware sourit imperceptiblement; il connaissait la fin de l'histoire.

– Niuhura en prit une bouchée et, le soir même, elle était morte.

Sur ces mots, Zivana regarda Stanton Ware, et ajouta en guise d'avertissement :

– Je vous raconte cette histoire pour vous montrer que, si l'impératrice a le plus petit soupçon sur vous et votre déguisement, non seulement vous serez pendu, mais aussi Tseng-Wen, moi-même et tous ceux qui vivent sous ce toit.

– Je le sais bien, répondit-il calmement.

Elle détourna son regard, et son profil qui se détachait sur un fond chatoyant d'azalées lui apparut alors si parfait que Stanton Ware ne put s'empêcher de dire :

– Quoi que Tseng-Wen puisse dire, laissez-moi entreprendre ce voyage seul! Une femme ne doit pas être exposée à des risques qui font partie de ma vie et de ma profession.

Elle ne répliqua pas et il poursuivit :

– Si je meurs, ce sera pour une bonne cause.

– Cette cause est aussi la mienne, dit-elle alors.

– Mais pourquoi? Vous n'êtes pas vraiment mandchoue et la Russie, comme l'Angleterre, souhaite seulement entretenir des relations commerciales avec la Chine. Oubliez les problèmes des grandes puissances. Profitez de la vie comme vous devriez le faire à votre âge.

– Seuls les Anglais parlent de l'âge comme d'une chose très importante. Seul l'âge de l'esprit compte, pas celui du corps.

C'était aussi l'opinion de Stanton Ware, mais il répondit sur un ton moqueur :

– Je suis sûr que votre âme est très âgée.

– Je le crois et, bien que cela me répugne de l'admettre, je pense que vous aussi avez vécu de nombreuses vies avant celle-ci.

– Cela vous répugne de l'admettre? demanda-t-il en souriant.

– Vous savez bien que je hais les Anglais!

– Tout à fait injustement, car il me semble que vous n'avez pas dû en connaître beaucoup.

– Ma mère s'est enfuie avec mon père. Il l'avait rencontrée lors d'une mission officielle en Angleterre qu'il effectuait en compagnie de l'ambassadeur de Saint-Pétersbourg.

Elle demeura silencieuse et, au bout d'un moment, Stanton Ware suggéra sur un ton calme :

– Ils tombèrent amoureux l'un de l'autre?

– Terriblement, follement. Dès lors, ils furent tout l'un pour l'autre.

– C'est ainsi que doit être l'amour.

– C'est très russe, dit-elle d'un ton méprisant.

– Et quelquefois, quelquefois seulement, je l'admets, très anglais ! Racontez-moi la suite.

– Ils s'enfuirent ensemble. Le père de ma mère ne voulut plus entendre parler d'elle, comme si elle n'avait jamais existé. Elle en souffrit beaucoup et, jamais, jusqu'à son dernier jour, ne put en parler sans larmes.

Elle se tourna alors vers lui :

– Cela vous surprend-il que je déteste votre pays et tous ses habitants au cœur dur, insensible ?

– Dont je fais partie !

– Indiscutablement, bien que, d'après Tseng-Wen, vous ayez quelques vertus.

– Comme c'est aimable à vous de le reconnaître ! dit Stanton Ware ironiquement.

– Il m'a parlé du travail que vous avez accompli dans le passé en Chine et dans d'autres parties de l'Orient. Je suppose que vous considérez cela comme un jeu, aussi distrayant qu'une chasse au renard ou qu'une partie de polo, ajouta-t-elle d'un ton acerbe.

– Exactement ! Un jeu où l'on espère gagner, mais où l'on ne pleure pas si l'on perd.

– C'est bien ce que je pensais, répliqua-t-elle, furieuse. Mais seul un imbécile, major Ware, s'amuse avec une arme chargée sans prendre garde.

– Et ceux qui manquent de sang-froid ne savent qu'exhiber leurs sentiments, rétorqua-t-il.

Comprenant qu'il lui reprochait de s'être montrée trop émotive, ses joues s'empourprèrent et elle se leva du siège rembourré où elle était assise.

– Je pense que nous en avons assez fait pour aujourd'hui, dit-elle.

– Au contraire, il y a encore beaucoup de choses que j'aimerais savoir. Nous n'avons pas encore parlé, et pourtant je crois que c'est important, de l'attitude des concubines.

Comme Zivana demeurait silencieuse, il poursuivit :

– Etant donné que vous jouerez ce rôle pendant notre voyage, je pense qu'il est essentiel que je sache autant de choses que possible sur les concubines du Palais Impérial et sur celles qui sont au service de dignitaires comme le prince Tuan.

Zivana se rendait compte que, pour la première fois, Stanton Ware usait de son autorité pour la contraindre à lui obéir.

Elle ne savait trop que faire : elle aurait voulu s'éloigner dignement, mais sentait qu'elle risquait ainsi de perdre la face, en laissant à Stanton Ware le privilège d'une victoire morale.

Elle se rassit donc contre son gré et lui demanda brutalement, bien que sa voix mélodieuse adoucît ses paroles plus qu'elle ne le désirait :

– Que voulez-vous savoir?

– Tout ce que vous savez vous-même.

Il n'ignorait pas qu'à cet instant elle le haïssait de l'obliger à poursuivre la conversation, et c'est à contrecœur qu'elle reprit la parole :

– Quand une concubine comme Ts'eu-Hi, qui est maintenant l'impératrice douairière, est appelée pour servir au palais, elle commence par rejoindre les autres jeunes filles mandchoues appelées en même temps qu'elle.

– Combien sont-elles?

– Une soixantaine. Elles portent la plus belle tunique et les plus beaux bijoux qu'a pu acheter ou emprunter leur famille. Elles pénètrent en procession dans la Cité Impériale et traversent son labyrinthe de salles, pavillons, temples, pagodes et quartiers d'habitation.

– Cela doit leur paraître effrayant!

– Pour une jeune fille de seize ans, répondit Zivana, c'est très certainement une expérience terrifiante. A l'intérieur, les futures concubines échangent leurs serviteurs contre des eunuques du palais, puis elles traversent une large cour et arrivent au pied d'un escalier de marbre blanc.

Stanton Ware imaginait la scène au milieu des temples vermillon à toits pointus des dieux tutélaires et des ancêtres impériaux et tous les monuments resplendissants de couleurs, protégés des mauvais esprits par des tortues, des chiens-lions grimaçants et grotesques.

– En compagnie d'une escorte solennelle, poursuivit Zivana, les jeunes filles mandchoues franchissent la Rivière Dorée. Le jour où Ts'eu-Hi entra au palais, elle et ses compagnes rencontrèrent la belle-mère de l'empereur, en compagnie du Premier eunuque.

On examina l'horoscope de chaque jeune fille et l'on prit la précaution de vérifier qu'aucune n'avait d'imperfection, de défaut ou de maladie avant qu'elles ne rejoignent les membres du palais, au nombre de six mille.

– Une circonstance déjà effrayante en soi!

– C'est vrai, mais ce qui doit l'être plus encore, c'est qu'une concubine a devant elle des mois et parfois des années de solitude et d'isolement, pendant lesquels elle ne voit jamais l'empereur et ne pose les yeux sur aucun homme en dehors des eunuques.

Zivana s'interrompit un instant, puis ajouta :

– Quelqu'un qui connaissait Ts'eu-Hi dans sa jeunesse m'a rapporté que l'empereur, qui allait devenir plus tard son mari, se glissait souvent hors de la

Cité Interdite avec quelques-uns de ses eunuques favoris.

– Pour aller où ?

– Il fréquentait les cabarets mal famés de la cité extérieure, ses « Maisons des Fleurs », ses fumeries d'opium, il assistait à des spectacles de lanterne magique, de danse et, surtout, rencontrait des Chinoises aux petits pieds.

Stanton Ware ne fit aucune remarque, mais il était surpris qu'une personne aussi jeune que Zivana soit aussi bien renseignée.

Il savait que ces anecdotes ne seraient que trop connues des hommes qu'il allait rencontrer : aussi continua-t-il de l'écouter avec attention.

– Toujours d'après mon informateur, reprit-elle, le Premier eunuque trouva un jour inscrit le nom de Ts'eu-Hi sur la tablette de jade où l'empereur écrivait chaque soir le nom de la concubine avec laquelle il voulait dormir.

– Cela faisait combien de temps qu'elle se trouvait dans la Cité Interdite ?

– Trois ans. Le Premier eunuque se rendit alors à ses appartements; il la dévêtit, l'enveloppa dans une couverture écarlate et la porta sur son épaule jusqu'au lit de l'empereur. C'était la première fois qu'elle le voyait et l'étiquette exigeait qu'elle s'avance en rampant du pied du lit jusqu'à l'empereur.

– Quelle situation humiliante, murmura Stanton Ware.

– A l'aube, le Premier eunuque vint la chercher et la ramena à ses appartements. Le jour de sa première visite à l'empereur fut inscrit dans un livre et authentifié de son sceau.

– C'est une cérémonie étrange, en Angleterre

nous dirions même barbare, fit remarquer Stanton Ware.

– On m'a dit, répliqua Zivana, que les Anglaises se croient les égales des hommes, ou pis encore, leurs supérieures.

– Que vous a-t-on dit d'autre? demanda-t-il en souriant.

– Il paraît que les dames de la haute société profitent de leur beauté pour faire faire leurs quatre volontés aux hommes et que ceux-ci, par faiblesse, leur obéissent.

Le mépris avec lequel elle avait prononcé ces paroles amusa Stanton Ware.

– Qui méprisez-vous le plus? Une femme qui donne des ordres, comme l'impératrice douairière, ou un homme qui obéit à ces ordres?

– Je pense qu'ils ont tort, l'un comme l'autre. L'homme est né pour diriger, pour commander. Si notre empereur n'était pas faible au point de se laisser emprisonner par sa propre tante, nous ne serions pas dans la situation où nous nous trouvons actuellement.

– Peut-être avez-vous raison, mais bien des hommes doivent leur faiblesse à la maligne influence de certaines femmes.

– Un homme véritable doit être fort, pas seulement physiquement, mais aussi moralement. Une femme peut le conseiller, mais le commander : jamais!

Stanton Ware ne put s'empêcher de rire et, comme Zivana se retournait l'air surpris, il lui expliqua :

– Je me demande simplement quelle part de votre sang met ces mots dans votre bouche.

– Ne puis-je penser à moi-même?

– Non, répondit-il. Vous subissez l'influence de

trois courants : un courant chinois qui exige votre soumission à l'autorité de Dieu et de votre maître; un courant russe qui fait de vous une femme passionnée, tourmentée, prête à défier le mâle conquérant, tout en admirant son pouvoir de domination.

Les yeux de Zivana trahissaient son trouble, son désir de réfuter ces paroles, mais avant qu'elle pût répliquer, il reprit :

– Enfin, le courant anglais vous donne à penser que l'amour peut être quelque chose de parfait entre deux personnes égales, parce que faites l'une pour l'autre. Il ne s'agit pas alors de conquérir ni d'être conquis, mais d'une véritable union.

Après un moment de silence, elle dit à voix basse :

– C'est ce que mon père et ma mère découvrirent... ensemble.

– Et n'est-ce pas ce que vous espérez découvrir?

– Je suis mandchoue. Quand je suis venue dans cette demeure pour vivre avec Tseng-Wen, car mon père lui faisait confiance plus qu'à quiconque en Russie, je me suis vouée au service de la Chine.

Elle regarda Stanton Ware avec un air de défi avant de poursuivre :

– J'ai beaucoup étudié car je savais que ce merveilleux pays allait connaître des temps difficiles.

Elle s'interrompit un instant, puis ajouta sur un ton différent :

– Cela faisait partie de mon *karma* (1). Il faut que je réalise certaines choses pour racheter des fautes commises lors de vies antérieures.

(1) Principe des religions hindouiste et bouddhiste selon lequel toute action, toute intention est inscrite dans le destin des êtres vivants. *(N.d.T.)*.

– Je crois savoir que vous avez déjà rendu certains services, mais ni vous ni Tseng-Wen ne m'en avez parlé.

– C'est sans importance. Ayant accès non seulement à la Cité Interdite, mais aussi à la légation russe, j'ai pu en effet rendre quelques petits services.

– Mais vous avez toujours ignoré les Anglais, remarqua Stanton Ware.

– Je n'ai aucun désir d'aider les Anglais.

– Mais maintenant, peut-être est-il inscrit dans votre *karma* que vous devez m'aider.

– Comme je vous l'ai dit, je suis mandchoue. J'obéis donc à mon père spirituel Tseng-Wen et me soumets à sa sagesse.

– Peut-être cette mission, ou quel que soit le nom que vous lui donnez, se révélera-t-elle moins désagréable que vous le prévoyez!

– Je n'ai jamais dit que ce serait désagréable. Je suis prête à me donner corps et âme à toute tâche qui concerne l'avenir de la Chine.

– Mais vous préféreriez ne pas travailler avec moi.

– Je n'ai pas dit cela.

– J'ai lu et peux encore lire très clairement toutes vos pensées dans vos yeux.

Il perçut comme un frémissement de ses cils sombres sur ses joues pâles; elle semblait troublée et un peu gênée à l'idée qu'il avait su si bien la deviner.

– Selon le désir de Tseng-Wen, dit-elle, je ferai et dirai tout ce que vous attendez de moi.

– Il me semble qu'une concubine placée sous ma protection devrait m'accorder non seulement son obéissance, mais encore sa sympathie et sa compréhension, répliqua Stanton Ware.

Il pensait en disant cela à Délice d'Amour et à la manière dont les jeunes femmes de la Maison des Mille Plaisirs étaient éduquées pour donner à l'homme auquel elles tenaient compagnie – ne serait-ce qu'un soir – l'impression qu'il était pour elle la personne la plus importante au monde.

Zivana eut l'air surpris et il comprit qu'il venait de lui suggérer une idée qui ne lui était pas venue à l'esprit.

– Vous devez considérer la situation ainsi, reprit-il : les hommes auxquels nous voulons nous opposer sont très astucieux et bon nombre d'entre eux ont étudié les sciences occultes, ce qui leur donne une perception des choses plus aiguë que celle de la moyenne des gens. Ils essaieront de pénétrer mon esprit pour découvrir, non pas si ce que je dis est vrai, mais si je pense ce que je dis. Ils agiront sans aucun doute de même avec vous, car la voie de la vérité repose souvent entre les mains d'une femme.

– Je n'y avais... pas pensé, murmura Zivana.

– C'est pourquoi, si nous voulons réussir et que notre ruse demeure impénétrable, il nous faut travailler en parfaite harmonie. Si vous vous contentez de me servir en paroles, je suis certain que ceux qui nous observeront, l'esprit toujours en éveil, finiront par s'apercevoir que vous n'êtes pas ce que vous prétendez être.

Zivana, que ces paroles semblaient avoir touchée, se leva de son siège et traversa la cour pour aller contempler les poissons rouges parmi les feuilles de nénuphars.

D'une petite fontaine en forme de dauphin l'eau jaillissait vers le ciel, irisée comme un millier d'arcs-en-ciel, puis retombait avec un doux murmure dans le bassin sculpté.

La fine silhouette de Zivana se détachait sur la pierre grise.

Avec sa chevelure habilement retenue par des barrettes précieuses, sa tête sombre semblait presque trop lourde pour son long cou délicat.

Elle resta un long moment debout, en contemplation devant l'eau, et Stanton Ware savait qu'elle regardait à l'intérieur d'elle-même. Enfin elle se retourna et revint vers lui.

– J'ai eu tort, dit-elle doucement. Je me suis laissé influencer par des préjugés, aussi dois-je vous présenter mes excuses.

Il lut dans son regard que sa sincérité ne faisait aucun doute.

– Ne vous excusez pas, car en ce qui me concerne, vous n'avez nullement mal agi; je désire seulement que vous compreniez comme moi que la paix en Chine est plus importante que tout sentiment personnel.

– Vous avez raison... bien sûr, vous avez raison, murmura Zivana.

– Je suis tombé amoureux de la Chine, il y a bien des années, et cela, dès ma première visite. Je connais ses défauts, mais aussi la grandeur dont elle peut être capable. (Il ajouta d'une voix plus grave :) Derrière toutes ces choses dont nous avons parlé aujourd'hui – la pauvreté, la cruauté, le mauvais gouvernement – demeurent la sagesse ancestrale et une lumière qui, un beau jour, illuminera le monde entier.

– Vous croyez... Vous le croyez vraiment?

– Je le crois, mais je sais aussi que lorsqu'on plante une graine dans le sol, il faut attendre longtemps avant de la voir devenir un arbre. (Il soupira.) La Chine devra faire bien des expériences avant de se trouver elle-même, mais les légendes racontent qu'un jour elle sera toute-puissante et que sa philosophie régnera sur l'univers. (Il sourit, comme pour dissiper la gravité de ses paroles, et ajouta :) Ni vous ni moi ne serons là pour le voir, car que sont cent, mille ou même dix mille ans dans la roue de l'éternité ?

– D'ici là, la Chine va devoir souffrir.

– Par sa propre faute, surtout. Et si nous devons ensemble, Zivana, essayer de modifier le cours des événements, nous ne sommes sûrement que de bien petits rouages dans une énorme machine.

C'est en souriant qu'il poursuivit :

– Mais tout comme un grain de sable peut arrêter une grosse machine, ou une goutte d'huile la faire accélérer, qui peut dire quelle sera notre influence sur ce vaste empire ?

– Vous avez raison ! s'écria Zivana. Pardonnez-moi pour tout ce que j'ai pu... penser sur vous, et pour mon... attitude jusqu'à maintenant.

Elle semblait vraiment désolée, et ses yeux cherchaient ceux de Stanton Ware pour le lui faire comprendre.

– S'il y a eu malentendu, dit-il, il est maintenant dissipé.

– Vous êtes très généreux.

– Non, je désire seulement que nous entreprenions sans arrière-pensée, d'un côté comme de l'autre, le travail, important je crois, que nous allons faire ensemble.

– Il n'y en aura aucune en ce qui me concerne... cela, je vous le promets ! répondit Zivana.

– Alors je suis certain que, dans la mesure du possible, nous réussirons.

Il la regarda un long moment dans les yeux, puis lui baisa la main.

Le jour suivant, Yin et Zivana discutèrent avec Stanton Ware de son déguisement.

Ses vêtements ayant été rapportés de chez le tailleur, il les examina avec intérêt, sachant que chaque broderie, chaque bouton avait sa signification propre et qu'il était essentiel qu'il s'en souvienne. En premier lieu, il lui fallut se raser les cheveux et porter une natte au sommet du crâne.

Quand les Mandchous conquirent la Chine en 1644, ils ordonnèrent immédiatement que leurs nouveaux sujets se rasent ainsi les cheveux en laissant pousser, en signe de soumission, une mèche en haut du crâne.

Depuis cette époque, tous les hommes à partir de quatorze ans devaient adopter cette coiffure et leur natte atteignait parfois leurs genoux.

C'est ainsi que, depuis des siècles, on se représentait en Occident les Chinois et cette coutume avait même inspiré au général Washington et à George III leurs propres coiffures.

En Chine, son importance en tant que symbole de soumission demeurait, en dépit des protestations.

Les rebelles Taipings des années 1850-1860, à l'époque où Ts'u-hsi était devenue impératrice, portaient leurs cheveux dénoués et libres, mais la plupart des Chinois, trop faibles pour se révolter, se pliaient à la règle.

Le costume mandchou, pour les hommes comme pour les femmes, se composait d'un manteau attaché sur le côté, porté sur une tunique et un pantalon.

Il était orné de broderies représentant des fleurs, des animaux, des emblèmes, des oiseaux symboliques et constellé d'autant de pierres précieuses, perles et or que son propriétaire en pouvait acheter.

Par leur propre volonté, les Mandchous demeuraient des étrangers en Chine. Sur une population de quatre cent millions d'habitants, ils n'étaient que cinq millions, mais détenaient tous les postes-clé.

Vêtu en mandarin, Stanton Ware faisait grande impression; Yin lui rasa le crâne sauf au sommet où, avec beaucoup d'habileté, il noua à ses cheveux une natte postiche.

Stanton Ware trouvait que cela lui donnait une allure étrange, mais il se dit qu'il finirait bien par s'y habituer. Pour le moment, il préférait porter sa coiffe de mandarin aussi souvent que possible.

Il se demandait comment Zivana et lui-même pourraient maquiller leurs yeux, bien que les Mandchous n'aient pas les yeux aussi bridés que la plupart des Chinois.

Le type mandchou, surtout chez les femmes de haute naissance, était très proche du type européen. Elles avaient en effet le nez droit, des yeux très peu bridés, un regard clair et direct sous des sourcils noirs. Ainsi la plupart des dames des légations étaient très surprises, lors de leur première rencontre avec l'impératrice douairière, de constater que ses yeux étaient comme les leurs.

– Cependant, dit Zivana, pour prendre toutes les précautions, Yin et moi-même possédons une pommade spéciale transmise de génération en génération; elle rendra vos paupières et les miennes complètement lisses et légèrement étirées au coin de l'œil.

Elle en fit la démonstration tout en parlant et Stanton Ware se persuada qu'avec sa tête rasée et ses lourdes paupières, on pourrait difficilement le soupçonner de ne pas être mandchou.

– Devrez-vous recouvrir votre visage d'un épais maquillage? lui demanda-t-il.

Il pensait que ce serait un crime que d'appliquer sur sa peau si parfaite l'épais masque blanc avec lequel la plupart des femmes chinoises et mandchoues dissimulaient leur teint mat.

Zivana secoua la tête.

– Je n'ai besoin que d'un peu de poudre; la crème blanche contient du plomb, elle est dangereuse.

– C'est ce que l'on m'a dit, répondit Stanton Ware.

Zivana avait aussi bien de la chance de ne pas avoir les pieds bandés. Les femmes mandchoues ne s'étaient en effet jamais bandé les pieds comme les Chinoises.

Dès l'âge de cinq ou six ans, on enroulait dans des bandelettes très serrées le pied de la petite Chinoise; le talon finissait par toucher les orteils recroquevillés, si bien que le pied ne mesurait pas plus de huit centimètres de long.

Dans ses minuscules souliers brodés, un pantalon enrubanné tombant sur ses chevilles enflées et déformées, la jeune Chinoise marchait à petits pas sautillants au bras d'un serviteur.

Titubant sur ses pieds infirmes, elle avait la célèbre « ondulation de lis », que chantaient en prose et en vers les poètes.

Quand on retirait les bandelettes, l'odeur de la chair comprimée était répugnante; mais les pieds bandés n'étaient pas seulement un gage de séduction, ils étaient devenus, à travers les âges, un symbole de caste.

En effet, les paysans et les porteurs ne pouvaient

s'offrir le luxe d'immobiliser leurs filles, car elles devaient travailler.

Cependant, les Chinois des classes supérieures aimaient montrer leur supériorité et bon nombre de femmes mandchoues auraient désiré adopter cette coutume qui dénotait un statut privilégié.

Mais, heureusement, les lois et traditions mandchoues étaient strictement opposées aux pieds bandés.

Zivana avait donc pu garder sans difficulté ses pieds, petits de nature, tels que Dieu les avait faits.

Au bout d'une semaine, Stanton Ware devint impatient; il se demandait combien de temps encore il allait devoir se cacher dans la maison de Tseng-Wen. Malgré tout le confort qui l'entourait, il lui tardait de sortir et de passer à l'action.

C'est alors que Yin apporta la nouvelle de l'arrivée de Li Hung-Chang au palais du prince Tuan dans les deux prochains jours.

– Cela signifie que nous pouvons partir tout de suite! s'écria Stanton Ware.

Tseng-Wen hocha la tête en signe d'approbation.

– Demain, tout sera prêt pour votre départ au lever du soleil.

Stanton Ware poussa un soupir de soulagement.

– Je suis sûr que vous comprenez, vous, le plus généreux des hôtes, que j'en suis très heureux.

– Je le comprends et je pense aussi qu'il est important que vous ne preniez pas de retard.

Le vieil homme avait prononcé ces paroles d'un ton si grave que Stanton Ware le regarda avec étonnement.

En guise de réponse, Tseng-Wen lui tendit sans rien dire un placard.

– Yin a rapporté ceci de la cité chinoise, ajouta-t-il, il se trouvait bien en vue.

Stanton Ware y jeta un coup d'œil et comprit aussitôt que c'était un placard des Boxers. Ecrit en chinois, il était rédigé en ces termes :

Dès que le I Ho Ch'uan sera parfaitement entraîné, alors, au commandement, les diables de l'Occident devront être anéantis. Selon la volonté du Ciel, les fils télégraphiques seront d'abord coupés, puis les chemins de fer détruits et, enfin, les diables de l'Occident décapités. Le temps de leurs infortunes sera venu. Le jour où la pluie viendra est encore loin cependant, et c'est à cause des diables blancs.

Le visage de Stanton Ware s'assombrit, tandis que Tseng-Wen ajoutait :

– Yin m'a dit qu'il y avait foule devant ce placard.

– Arriverons-nous trop tard?

Le vieil homme fit un geste vague de la main.

– Le temps appartient aux dieux et vous ne pouviez agir tant que Li Hung-Chang n'était pas là; maintenant, vous allez pouvoir le rencontrer et il ne vous reste qu'à faire de votre mieux.

– Cela est certain, approuva Stanton Ware, Zivana et moi-même n'avons plus qu'à faire de notre mieux!

3

Comme ils quittaient la Cité Impériale, Stanton Ware put enfin admirer le merveilleux paysage printanier.

Le sol était recouvert d'un épais tapis blanc de fleurs de jasmin sauvage, dont le parfum ressemblait à celui des tubéreuses.

Le mimosa faisait comme un poudroiement d'or dans les arbres et leur donnait l'éclat du soleil.

Les routes n'étaient pas toujours en bon état et ils progressaient lentement dans la voiture à quatre chevaux que leur avait procurée Tseng-Wen.

Ce genre de véhicule était méprisé par les Occidentaux, qui avaient apporté dans les légations de confortables cabriolets européens roulant à une vitesse terrifiante pour les Chinois.

Tseng-Wen avait donné à Stanton Ware ses toutes dernières instructions avant le départ.

Il lui avait dit que cette voiture, qui par certains côtés ressemblait plutôt à une charrette, était exactement le véhicule démodé que pouvait avoir un mandarin des montagnes de Shansi.

– Vous avez voyagé jusqu'à Pékin lentement et sur des routes très mauvaises, avait-il expliqué.

Vous vous êtes reposé dans la capitale et vous avez changé de chevaux et de serviteurs.

Stanton Ware savait que ce dernier détail était particulièrement important : les serviteurs choisis pour lui par Tseng-Wen n'avaient ainsi pas la moindre idée de ce qu'il avait pu faire avant leur engagement.

Ils étaient au nombre de seize. Certains voyageaient dans une charrette verte, d'autres montaient des chevaux mongols à longs poils.

Un mandarin du premier rang se devait d'être accompagné d'au moins vingt serviteurs et quant au Fils du Ciel, lorsqu'il partait en palanquin, il n'emmenait jamais moins de soixante serviteurs à sa suite.

Zivana était assise près de Stanton Ware, sur des coussins de soie; elle lui semblait encore plus belle que jamais. Elle portait un manteau de soie rouge sang, brodé de magnolias et, par-dessus, pour le cas où elle aurait froid, une cape bordée de précieuse zibeline de Russie.

Sa chevelure aux reflets bleutés était relevée sur le sommet de sa tête, retenue par des épingles à cheveux de grand prix qui étincelaient au moindre mouvement, comme ses faux ongles qui accentuaient la fragilité, la délicatesse de ses petites mains blanches.

Ils roulèrent un moment en silence. Puis, alors que Stanton Ware tirait les rideaux de la vitre pour admirer les amandiers, elle prit la parole :

– Me trouvez-vous indiscrète, si je vous demande où vous êtes allé hier soir?

Il se retourna vers elle en souriant.

– Je croyais que nous avions décidé de ne pas avoir de secrets l'un pour l'autre.

– Aucun?

– Aucun en ce qui me concerne, répliqua-t-il, et je comptais bien vous informer de ce que j'ai appris en me rendant à la légation américaine.

– La légation américaine! s'écria-t-elle, surprise.

– J'y suis allé parce qu'il est inutile de discuter avec le ministre britannique. Il demeure convaincu que les rumeurs qui circulent au sujet des Boxers sont exagérées et sans importance.

– Et vous pensiez que les Américains pouvaient être plus raisonnables?

– Pas le ministre, un certain Clobber, qui est du même avis que sir Claude et s'imagine, comme lui, que ses drapeaux le protégeront en cas d'émeute.

– Qui avez-vous donc rencontré?

– Le Premier secrétaire, Herbert Squiers.

Zivana se mit à rire.

– Les Américains ont tous de si drôles de noms!

– Pour eux, les noms chinois sont encore plus drôles et bien plus compliqués.

– Excusez-moi, vous avez raison. Que vous a dit M. Herbert Squiers?

– C'est un homme plein de bon sens et il s'attend depuis longtemps à ce que des troubles éclatent. Je lui ai promis d'entrer en contact avec lui dès que j'aurai des nouvelles.

– Vous pouvez lui faire confiance?

– Aveuglément!

Zivana poussa un petit soupir.

– Voilà donc une personne de plus sur qui nous pouvons compter.

Stanton Ware lui avait raconté à quel point le ministre britannique s'était montré désinvolte et têtu et, pour sa part, elle avait eu la même impression en ce qui concernait les Russes.

Elle s'était rendue à la légation russe et, comme

les Anglais, ils s'étaient moqués de ses avertissements, persuadés que les Boxers n'étaient qu'une racaille indisciplinée que l'on pourrait facilement disperser au besoin.

Stanton Ware avait montré à Herbert Squiers l'affiche placardée dans la cité chinoise.

Le Premier secrétaire lui avait promis d'en parler au ministre, mais il était à peu près sûr que celui-ci ne prendrait pas l'affaire au sérieux.

– A mon avis, avait déclaré Stanton Ware avant de quitter la légation, vous vivez ici dans un paradis d'illusions.

– Je suis bien d'accord avec vous, avait répondu Herbert Squiers. Tant que nos ministres ne se préoccuperont que de courses, de parties de bridge et de réceptions, ils ne feront même pas l'effort de lire les rapports qui arrivent des provinces.

– Espérons que nous nous inquiétons inutilement, conclut Stanton Ware, tout en ayant conscience de la vanité d'un tel espoir.

Habillé en Mandchou, mais non pas comme un mandarin, il s'était une nouvelle fois promené dans les rues de la cité chinoise et avait pu noter, dans la foule grouillante, de nombreux indices de pauvreté, de misère et de maladie.

Même les somptueuses tuniques de certains hauts fonctionnaires portaient des marques d'usure et Stanton Ware pensa que les Boxers trouveraient là un terrain favorable où semer les graines de la révolution.

Les rues aussi étaient sales et les marchands de vidanges s'affairaient à ramasser l'engrais, tant humain qu'animal, qu'ils mettaient soigneusement dans des jarres pour l'emporter dans les campagnes.

Tout était sordide, misérable et ce n'est qu'en

approchant de la Cité Interdite que le décor changeait. On pouvait apercevoir, à travers le feuillage verdoyant des arbres, l'or étincelant des tuiles, l'émail vernissé des toits des temples et, sur les pavillons, une explosion de rouge écarlate, d'émeraude et d'azur.

Stanton Ware se rappelait ce que lui avait dit Zivana des folles dépenses de la Cité Interdite.

En voyant des femmes et des enfants fouiller les caniveaux et les ordures des maisons aisées pour essayer de trouver quelques miettes de pain, il se demandait comment les légations, ainsi que l'impératrice et ses conseillers, pouvaient être aveugles à ce point.

Il raconta ce qu'il avait vu à Zivana; il savait que cela lui brisait le cœur de penser aux souffrances du peuple chinois.

Il se demandait combien de femmes élevées comme elle dans le luxe et le confort des palais, dans des maisons comme celle de Tseng-Wen, se sentaient concernées par le sort des moins privilégiés.

– Etes-vous inquiète? lui demanda-t-il.

Elle sourit légèrement et il remarqua que depuis qu'elle utilisait la pommade ses yeux bridés étaient pleins d'ombre et de mystère.

– Pas vraiment inquiète, mais dans une attente fiévreuse, comme avant le lever de rideau au théâtre : on sait que l'on va voir jouer une pièce, mais on ne peut pas exactement savoir de quoi il s'agit avant qu'elle ne commence.

– Prendre sa respiration avant de sauter, c'est ainsi que les Chinois décrivent ce moment.

– Comme j'aime la manière dont les Chinois expliquent toute chose! s'écria-t-elle. Pour combattre l'inquiétude ou la peur, j'aime me rappeler ces paroles de Confucius (1) : « Ce sont les hommes qui peuvent donner sa grandeur au monde. »

– Ou les femmes.

– Auriez-vous oublié que je ne suis qu'une compagne? Ceci est votre mission, pas la mienne.

– Néanmoins, comme vous le savez, Tseng-Wen pense que je ne peux me passer de vous.

– J'espère que vous pourrez dire qu'il avait raison quand tout sera fini.

– J'en suis certain, mais nous ne devons pas être trop sûrs de nous, cela pourrait nous porter malheur.

– Faut-il que nous soyons aussi superstitieux que l'impératrice?

– Pourquoi pas? En Chine, il faut vivre comme les Chinois. Chacun dans votre peuple, de l'impératrice au plus humble porteur, croit en l'astrologie, aux diseurs de bonne aventure, aux médiums et aux oracles que l'on consulte en toute occasion.

– Nous aurions dû en consulter un avant de partir, dit Zivana en riant.

– Est-ce que cela veut dire que vous ne l'avez pas fait? demanda-t-il à demi sérieusement.

Elle se détourna, un peu embarrassée, puis répondit :

– Je suis bien sûre que Tseng-Wen l'a fait pour nous. C'est pourquoi il insistait pour que nous partions à une heure et à une minute précises, ni plus tôt, ni plus tard.

Cela fit rire Stanton Ware, mais il savait que personne ne pouvait vivre en Chine sans être influencé par la foi presque aveugle des Chinois dans le surnaturel. Les Boxers s'étaient d'ailleurs

(1) Le plus célèbre philosophe de la Chine (551-479 av. J.-C.), fondateur d'un système de morale qui met au premier rang la fidélité à la tradition nationale et familiale. *(N.d.T.)*

montrés très ingénieux en choisissant d'impressionner les gens avec leurs pouvoirs magiques.

Stanton Ware et Zivana poursuivirent leur route jusqu'à midi passé et le soleil était haut dans le ciel quand ils s'arrêtèrent dans une vallée ombragée.

Yin, qui avait la charge des serviteurs, trouva un endroit à l'ombre, sous des pins; un petit ruisseau coulait et le sol était jonché de fleurs printanières.

On apporta des coussins pour qu'ils puissent s'asseoir et une petite table fut installée devant eux pour le déjeuner, tandis que l'on mettait le vin *samshu* à rafraîchir dans le ruisseau.

Les serviteurs avaient préparé des mets aussi riches et délicats qu'il était d'usage de le faire pour un mandarin.

Il y avait du pain cuit dans des moules en forme de papillons et de fleurs; ainsi que des plats chinois, appréciés depuis toujours par Stanton Ware, mais surtout depuis son séjour chez Tseng-Wen.

On leur servit de fines tranches de canard et de porc avec des sauces exotiques, des petits melons farcis de fruits et de graines, du jambon et du poulet cuits à la vapeur.

Pour Zivana, qui buvait très peu du capiteux vin chinois, il y avait du thé parfumé au chèvrefeuille dans une adorable théière chinoise protégée dans un petit panier capitonné.

Après les avoir servis, Yin rejoignit les autres serviteurs qui avaient leur propre repas.

Stanton Ware se leva de son coussin pour aller s'asseoir, jambes croisées, au pied d'un pin argenté.

– Vous avez étudié le yoga? demanda soudain Zivana.

Il acquiesça.

– Je l'ignorais.

– Est-ce important?

– Oui, pour moi. J'ai toujours eu envie d'aller dans une lamaserie pour rencontrer les lamas et avoir l'occasion d'étudier l'antique sagesse, mais...

Elle fit un geste de la main.

– ... je ne suis qu'une femme.

– Et, si je puis me permettre, une femme tout à fait charmante, répliqua Stanton Ware.

Elle le regarda d'un air méfiant, puis se mit à rire.

– Les manières font l'homme, comme disent les Anglais. Et les vêtements font la femme.

– Je me demande comment vous seriez, vêtue à l'européenne, dit-il d'un air pensif. Je ne peux m'empêcher de penser que ce serait très décevant.

– Vous n'êtes pas très flatteur, au bout du compte! répondit-elle, moqueuse.

Stanton Ware savait que ses vêtements de satin aux couleurs vives, les bijoux dans ses cheveux et à ses doigts lui donnaient une allure et un charme indescriptibles.

Peut-être ce charme disparaîtrait-il sous les volants et les dentelles qui donnaient aux Anglaises, avec leur taille étranglée, la silhouette d'un sablier.

Avec sa délicatesse exotique, Zivana ressemblait à un précieux bijou que l'on met en vitrine pour pouvoir l'admirer sans jamais le toucher.

– Perle fine, dit-il à voix haute, je ne peux imaginer de qualificatif mieux choisi.

Pour la première fois depuis qu'il la connaissait, elle sembla intimidée.

– Je pense qu'il est temps de repartir, dit-elle.

Il ne voulait surtout pas l'embarrasser.

Si, pour lui, ce n'était pas la première fois qu'il voyageait en compagnie d'une femme – bien qu'il ne l'eût encore jamais fait – au cours d'une mission aussi dangereuse – pour elle, c'était de toute évidence une expérience nouvelle.

Aucune autre jeune fille n'aurait accepté une telle situation sans embarras. Zivana, quant à elle, montrait un détachement presque masculin, si l'on excepté sa haine pour la nationalité de Ware.

Pas un instant, depuis qu'ils étaient ensemble, elle n'avait tenté d'attirer l'attention sur elle en tant que femme. Jamais non plus elle ne l'avait invité à la considérer autrement que comme collègue dans leur mission commune.

– Elle est unique, se dit Stanton Ware.

Fasciné par sa beauté, il la regarda marcher sous les pins argentés jusqu'à l'endroit où leur équipage les attendait.

Ils reprirent la route et, le premier soir, dormirent sous des tentes, dans un petit bois.

Les auberges chinoises étaient habituellement sales et bruyantes. Stanton Ware avait fréquenté suffisamment d'établissements situés à l'écart des routes pour savoir que, non seulement l'on y dormait inconfortablement, mais aussi que l'on risquait de se faire voler, ou pis encore.

Les tentes fournies par Tseng-Wen étaient spacieuses et, une fois garnies de tapis, d'une litière rembourrée et même de quelques petits meubles légers, elles pouvaient convenir au voyageur le plus exigeant.

Ils se trouvaient maintenant à une certaine distance de Pékin et dépassaient des caravanes de chameaux qui avaient franchi les sombres portes pyramidales en direction des contrées sauvages, menées par d'avides négociants chinois aux visages énigmatiques.

– Je déteste ces individus qui dépouillent les simples gens, dit Zivana. Ils leur prennent toutes leurs économies et leur donnent en échange des papiers sans valeur.

– Mieux vaut vider les poches d'un homme que lui voler son âme, répliqua Stanton Ware.

Elle sourit, mais il savait qu'elle disait vrai. La vie toute simple des porteurs et des paysans pouvait être ruinée par ceux qui profitaient de leur naïveté et de leurs superstitions.

Rien ne semblait rapporter plus en Chine que la vente d'amulettes contre la maladie et la mort, de fétiches pour l'amour, les naissances, l'argent et pour une vie heureuse qui ne venait jamais.

Sur cette route, ils rencontrèrent aussi des caravanes de chevaux qui transportaient toutes sortes de produits d'Extrême-Orient.

Il semblait évident que, si l'impératrice douairière et ses conseillers pouvaient comprendre combien le commerce et l'ouverture des ports étaient importants pour leur pays, la Chine pourrait devenir un pays riche et prospère.

En traversant un petit village, ils virent une foule massée sur la place du marché.

Stanton Ware et Zivana regardaient tous deux ce spectacle à travers les vitres de la voiture et ils s'écrièrent presque en même temps :

– Des Boxers!

En effet, la plupart des jeunes gens qui se trouvaient là portaient un foulard rouge sur la tête et les rubans écarlates autour des poignets et des chevilles.

Stanton Ware voulait voir ce qui se passait et il demanda aux cochers d'arrêter les chevaux. En tant que voyageurs mandchous, ils ne risquaient rien : même les Boxers n'iraient pas jusqu'à insulter un mandarin.

Les gens du village étaient tous groupés autour d'un jeune garçon qui, les yeux fermés, était à genoux au centre d'un cercle.

Joignant les mains, il entonna une psalmodie, puis se mit à dessiner des figures et des signes cabalistiques dans la poussière en invoquant les esprits.

Peu à peu il entra en transe, ses gestes devinrent de plus en plus frénétiques, son visage plus exalté, son chant plus sauvage.

L'un de ses compagnons vint alors se placer devant lui et demanda :

– Qui es-tu ? Que désires-tu ?

La voix du jeune garçon s'éleva, on avait l'impression qu'elle venait de très loin :

– Je suis... un grand homme... un héros... du passé de la Chine.

Il se balançait d'avant en arrière, les yeux fermés.

– Que veux-tu ? Que pouvons-nous te donner ? demanda son compagnon.

– Je veux... un grand sabre... un sabre dans ma main.

– Que veux-tu en faire ?

Il tendit la main et quelqu'un dans la foule s'avança pour lui donner un vieux sabre rouillé.

Alors il se dressa, toujours psalmodiant, et se mit à mimer un combat, comme s'il luttait contre des ombres.

Puis, devant la foule profondément émue, il hurla :

– Soutenez notre grande et pure dynastie, exterminez les barbares !

Un cri sauvage lui répondit.

Comme il s'écroulait, épuisé, sur le sol, un autre membre du groupe se mit à danser avec des contorsions frénétiques, tout en appelant ses compagnons à le frapper.

Tel Baldur le Grand, le héros chinois, il se dressait devant eux, en transe.

Ils le frappèrent avec des bâtons et la lame du sabre qu'avait utilisé l'autre garçon.

Lui, dansait toujours. Ses compagnons sortirent alors un arc et une flèche; la foule poussa un grand cri quand il reçut le projectile en pleine poitrine.

Mais, comme il était en transe, la flèche ne le blessa pas.

Les gens simples du village étaient complètement fascinés par ce spectacle.

– Comment se peut-il que ce garçon ne soit pas blessé et qu'il soit toujours en vie après tout ce que vous lui avez fait? demanda l'un d'eux.

Un jeune homme plus âgé lui répondit :

– Nous sommes invulnérables! Venez avec nous et vous aussi recevrez du Ciel de tels pouvoirs.

Il monta sur une marche et s'adressa à la foule en hurlant :

– Le Ciel ne veut plus supporter les Occidentaux et leurs agissements, en particulier leur religion – le christianisme. Nous venons purger la Chine de ce poison. Il y a trop longtemps que les diables de l'Occident nous oppriment et si certains, dans votre village, se sont convertis au christianisme, vous devez vous en débarrasser rapidement! Leurs églises doivent être brûlées. A mort! A mort!

Excités par son exaltation, les villageois reprirent en chœur :

– A mort! A mort!

Sentant que la situation devenait incontrôlable,

Stanton Ware fit signe à ses serviteurs de reprendre la route et, tandis qu'ils s'éloignaient, ils entendaient toujours résonner derrière eux ces hurlements :

– A mort! A mort!

– C'est... terrifiant, dit enfin Zivana à voix basse.

– En tout cas, ils vont sans aucun doute faire beaucoup de disciples, répondit froidement Stanton Ware.

– Yin m'a raconté qu'avant de partir ils distribuent des petites brochures contenant d'incroyables recettes pour lutter contre le poison que les étrangers, selon eux, versent dans les puits. On y trouve aussi des fétiches et des prières contre le mal fait par les chrétiens.

– Je ne pensais pas qu'ils étaient aussi près de Pékin, dit Stanton Ware. L'impératrice devrait se rendre compte qu'ils peuvent finir par constituer un danger même pour elle.

– J'en doute. Tseng-Wen a raison de dire que l'impératrice elle-même déteste les étrangers et qu'elle n'hésitera pas à employer n'importe quelle arme pour s'en débarrasser.

– Des émeutes ont déjà éclaté il y a deux ans, mais l'impératrice avait alors cédé et réprimé les rebelles.

Zivana poussa un soupir.

– Je ne crois pas qu'elle agirait de la même façon aujourd'hui.

Trois kilomètres plus loin ils arrivèrent dans un autre village et, là encore, ils virent des Boxers.

Cette fois, il n'y avait aucune manifestation, mais on pouvait voir un peu partout des jeunes gens en haillons avec des foulards et des écharpes rouges, ainsi que des affiches et des proclamations.

Stanton Ware avait l'air de plus en plus préoccupé.

Le soleil allait se cacher derrière les montagnes de l'Ouest quand ils aperçurent au loin, au-dessus des arbres, les toits verts du palais du prince Tuan. Stanton Ware se tourna vers Zivana et lui sourit.

– Maintenant, le jeu va commencer, dit-il calmement.

Il sentait que, quoi qu'elle en dise, elle était inquiète.

– Dès à présent, ajouta-t-il, il faut faire attention à tout ce que nous nous dirons.

– Tseng-Wen m'a dit, répondit-elle, que nous devrons toujours nous comporter comme si quelqu'un nous écoutait (ce qui d'ailleurs sera le cas), et que parler dans toute autre langue que le mandchou pourrait être catastrophique.

– Nous trouverons toujours un moyen si c'est absolument nécessaire, dit Stanton Ware à mi-voix.

Ils pénétrèrent dans un parc bien entretenu, puis traversèrent les magnifiques jardins, riches en couleurs, qui entouraient le palais.

Stanton Ware avait déjà envoyé un serviteur avec sa carte pour l'annoncer et demander s'il pouvait avoir le privilège d'être reçu par Son Altesse.

L'hospitalité en Chine était une règle et le prince, même s'il en avait eu le désir, n'aurait pu refuser une telle requête.

Aussi, dès que le véhicule se fut arrêté devant le palais, plusieurs serviteurs se précipitèrent pour aider Stanton Ware à mettre pied à terre.

Comme l'exigeait la coutume, Zivana ne le suivit pas et attendit à l'intérieur qu'on vienne la chercher pour l'accompagner jusqu'à une autre porte du palais. De là, on l'escorterait jusqu'aux appartements des femmes.

Le prince Tuan était un homme d'une quarantaine d'années, avec des petits yeux de fouine et un visage cruel marqué par la petite vérole.

Stanton Ware savait qu'il devait se tenir sur ses gardes et que, comme le lui avait confié Tseng-Wen, ce n'était pas le genre d'homme à qui il pouvait faire confiance.

Il était le petit-fils de l'empereur Tao-Kuang et, à Pékin, on pouvait le voir dans le fastueux costume militaire mandchou en cuir verni, avec le casque incrusté de bijoux, autour duquel pendillaient dix-huit glands de zibeline.

Arriviste, sûr de lui, décidé, il avait su se concilier les bonnes grâces de l'impératrice vieillissante.

Comme elle n'avait pas eu de fils, il avait été assez habile pour la convaincre de faire de son propre fils, P'u-Chun, son héritier présomptif et successeur au trône.

Il savait également ménager ses craintes superstitieuses et n'ignorait pas l'intérêt qu'elle portait aux prétendus pouvoirs d'invulnérabilité des Boxers.

Pour le moment, le prince Tuan affichait une attitude exagérément affable et s'adressait à son invité dans un langage des plus châtiés, tout en le conduisant dans la pièce où les attendait Li Hung-Chang.

Le vice-roi faisait plus vieux que son âge; il semblait s'être tout recroquevillé. Avec son dos voûté, il paraissait avoir perdu la haute stature qui lui donnait autrefois une allure si impressionnante.

Il avait les cheveux blancs, une barbe clairsemée, mais une lueur de jeunesse brillait encore dans son regard.

Il parlait d'une voix ferme et avec l'autorité que l'on pouvait attendre d'un homme qui avait eu un rôle et une situation aussi importants pendant toutes ces années passées à servir son pays.

On apporta du vin. Les trois hommes s'assirent et échangèrent d'abord quelques propos sans importance. Puis, comme Tseng-Wen le lui avait conseillé, Stanton Ware leur raconta le long voyage qu'il était supposé avoir effectué de sa province natale de Shansi jusqu'à Pékin; il conclut en disant qu'il était sur le chemin du retour.

– Et que pensez-vous de Pékin? demanda Li Hung-Chang.

– Il y règne une atmosphère très déprimante.

– Déprimante?

– Je ne m'attendais pas à voir une aussi grande misère, bien que j'eusse déjà entendu parler, même dans les montagnes où je vis, des dangers qui menacent notre pays bien-aimé.

– Quels dangers? demanda vivement le prince Tuan.

– En chemin, j'ai pu voir, dans un petit village, les Boxers à l'œuvre.

Li Hung-Chang semblait l'écouter attentivement.

– Des bandes de mendiants déguenillés qui extorquent de l'argent à des paysans en leur vendant des amulettes! répliqua le prince Tuan. Quel mal peuvent-ils bien faire?

– Ils recrutaient des disciples dans le peuple, comme je crois savoir qu'ils l'ont fait dans tout le pays et, surtout, dans les provinces de Shantung et de Chihli.

– Cela fait des siècles que des sociétés secrètes, poursuivant toutes des buts différents, existent en Chine. Les autorités de Pékin les ont bien des fois combattues, mais elles ont toujours fini par se reformer, rétorqua le prince.

– Cependant, Votre Altesse, je me trompe peut-être, mais il me semble que les Boxers sont plus nombreux et plus agressifs que les sociétés secrètes ne l'ont jamais été de par le passé.

Le prince ne répondit pas, mais Li Hung-Chang dit alors :

– Vous avez réellement vu des Boxers entre ici et Pékin ?

– Entre quarante et cinquante. A cette heure, il se peut qu'ils aient fait de nombreuses recrues dans le village où ils se trouvaient. Nous en avons vu encore d'autres, ainsi que de nombreux placards dans différents endroits où nous sommes passés.

Li Hung-Chang avait l'air pensif.

– Je savais que des troubles avaient éclaté à Kaolo, mais j'ignorais qu'ils avaient autant progressé au nord.

– Que s'est-il passé à Kaolo ? demanda Stanton Ware.

– D'après le rapport que j'ai reçu ce matin, de nombreuses maisons appartenant à des Chinois chrétiens ont été brûlées et bon nombre d'entre eux tués.

Le prince demeurait silencieux. Li Hung-Chang reprit :

– Il y a eu un affrontement entre les troupes gouvernementales et les Boxers dans la province de Chihli, quand je m'y trouvais. Le gouverneur est faible; il a laissé le mouvement croître et l'agitation ne cesse de s'aggraver.

– Le I Ho Ch'uan peut facilement être écrasé, si nécessaire, dit le prince avec une désinvolture délibérée.

– Les Boxers ont pu se rendre compte dans la

province de Shantung qu'ils n'avaient rien à craindre de l'impératrice douairière, répliqua Li Hung-Chang. Chaque fois que le gouverneur a fait savoir à l'impératrice qu'il décidait de combattre les Boxers pour les écraser définitivement, elle a fait paraître un nouvel édit impérial lui ordonnant de mener sa campagne sans violence et de « parlementer ».

– Le Vénérable Bouddha est avisé, dit le prince. Elle a besoin de tous les hommes qu'elle peut trouver, d'où qu'ils viennent.

– Pensez-vous sérieusement que ces gueux devraient être engagés dans l'armée impériale? demanda Li Hung-Chang.

– Pourquoi pas? Nous ne sommes pas assez puissants pour refuser des combattants.

Stanton Ware aurait voulu demander :

– Assez puissants pour quoi?

Mais il connaissait déjà la réponse et il était clair que le prince était violemment opposé aux Occidentaux.

Ils changèrent de conversation et parlèrent des trésors appartenant au prince, qui étaient exposés dans le palais.

Ils discutèrent aussi d'un nouveau livre sur le confucianisme (1) qui venait de paraître et, comme par chance Stanton Ware l'avait lu, il put prendre part à cet échange d'idées.

Le confucianisme faisait l'éloge des vertus universelles de sagesse, de bonté et de courage.

Il savait que Li Hung-Chang incarnait la première et la troisième de ces vertus, mais il n'avait aucune certitude quant à sa bonté.

Stanton Ware devinait ce que son caractère avait d'autoritaire, d'impérieux, et il se demandait s'il

(1) Philosophie de Confucius, voir p. 66 *(N.d.T.)*

avait toujours été vraiment sensible à la condition du peuple chinois.

Ce n'était pas un Mandchou, mais un Chinois de la dynastie des Hans. Néanmoins il était difficile de savoir s'il avait jamais essayé d'améliorer le sort des pauvres, même s'il avait eu assez de clairvoyance pour affirmer que le progrès était essentiel à la prospérité.

Comme on approchait de l'heure du dîner, le prince déclara :

– J'ai une proposition à vous faire qui, je l'espère, vous plaira : après le repas, mes concubines seraient très honorées de vous offrir un divertissement.

– Cela me semble une manière très agréable de passer la soirée, dit Li Hung-Chang avec courtoisie.

Le prince se tourna vers Stanton Ware.

– Quant à vous, noble invité, puisque vous avez amené avec vous votre propre concubine, j'espère qu'elle aussi voudra bien se joindre à nous.

Stanton Ware s'inclina; il n'avait pas le choix.

– Si Perle Fine n'est pas trop fatiguée par le voyage, je suis certain qu'elle sera très honorée de répondre à l'invitation de Votre Altesse.

Il laissait ainsi à Zivana une échappatoire, mais il ne pensait pas qu'elle en userait.

Et en effet, après un long et délicieux repas, copieusement arrosé de vin, les concubines entrèrent dans la pièce où les trois hommes se trouvaient confortablement installés.

Les quatre jeunes femmes s'agenouillèrent, courbant la tête jusqu'au sol. Puis elles se redressèrent et Stanton Ware remarqua que, si les concubines du prince étaient extrêmement séduisantes, elles ne pouvaient en aucune manière rivaliser avec la beauté et l'élégance de Zivana.

Elles avaient le visage recouvert d'un épais masque blanc et, par contraste, le teint transparent de Zivana semblait avoir l'éclat d'une perle, comme son nom le rappelait si bien.

Leurs vêtements étaient brodés de perles, de bijoux, et les lourds satins avaient été remplacés par les fines étoffes d'été.

Chaque concubine portait des sandales mandchoues, aux talons savamments brodés et décorés.

Les concubines du prince étaient habillées de vert, de rose, et de mauve orchidée, mais Zivana, pour la première fois depuis que Stanton Ware la connaissait, avait revêtu des vêtements jaune très pâle, brodés de topazes et de diamants minuscules. Ces mêmes pierres jetaient des étincelles dans sa sombre chevelure et sur ses faux ongles.

Quand elle se redressa, les yeux baissés, ses longs cils noirs ombrageant ses joues pâles, il se demanda s'il était possible de trouver dans le monde entier une femme aussi belle.

La première concubine du prince – Fleur de Pêcher – commença le divertissement en leur chantant une célèbre mélodie traditionnelle.

C'était une chanson d'amour, très mélancolique, que Stanton Ware trouva plutôt ennuyeuse. Néanmoins, il complimenta chaleureusement la chanteuse quand elle eut fini et elle exprima ses remerciements en s'inclinant de nouveau jusqu'à terre.

La seconde concubine leur offrit un spectacle plus divertissant. Un serviteur apporta des petits oiseaux chanteurs dans une cage. Elle les fit sortir un par un et, en sifflant doucement pour les diriger, leur fit faire quelques tours.

Sautillant le long des manches de sa tunique, ils

allaient se percher sur ses épaules, culbutaient autour d'un bâton en ivoire qu'elle leur tendait et ouvraient le bec pour chanter.

Enfin, à son commandement, ils s'envolèrent jusqu'au plafond et, de là, comme des petits faucons, plongèrent directement dans leur cage.

C'était une très habile performance et le prince, qui applaudissait bruyamment les jeunes femmes, sembla très flatté quand Li Hung-Chang et Stanton Ware lui dirent combien ils avaient été impressionnés.

La dernière concubine du prince leur montra quelques tours de magie avec des cartes, des petites balles chinoises et des mouchoirs de couleur qu'elle tirait des larges manches de sa tunique.

Quand elle eut fini, le prince regarda Zivana.

– Mes fleurs les plus précieuses ont essayé de vous divertir, nobles gentilshommes, dit-il. L'adorable fleur invitée ici peut-elle contribuer à notre plaisir?

Stanton Ware ignorait totalement si Zivana allait accepter ou décliner cette offre. Mais, sans hésiter une seconde, elle s'avança comme l'avaient fait les autres concubines.

Elle s'inclina avec une grâce qu'aucune femme n'aurait pu surpasser ni même égaler, puis, s'agenouillant, leur récita un poème.

C'était un poème classique chinois, qui avait été écrit des siècles auparavant, mais que Stanton Ware n'avait jamais entendu.

Comme tous les poèmes chinois, il utilisait la nature pour symboliser l'âme, l'esprit et le cœur.

Avec sa voix douce et musicale, Zivana l'interprétait d'une manière si émouvante qu'il se sentit transporté.

Il avait éprouvé cette même impression au pied du gourou (1) qui, dans une lamaserie, au milieu de montagnes aux pics enneigés, lui avait appris les grandes vérités enfouies sous l'accumulation des connaissances.

La voix de Zivana était si prenante qu'il lui semblait avoir quitté son corps pour voyager librement à travers le temps.

En cet instant, il fut persuadé que le travail entrepris avec Zivana n'était qu'un caillou jeté dans l'océan, mais aussi qu'il pouvait avoir des conséquences insoupçonnables.

Il sursauta en revenant à la réalité. Zivana était arrivée à la fin du poème et elle demeurait maintenant silencieuse.

Il entendit le prince dire :

– Merci, Perle Fine, merci. Je n'ai jamais entendu ce poème, ni aucun autre, aussi bien interprété. C'était aussi beau que vous êtes belle.

Zivana s'inclina très bas à ces mots et il tendit la main pour l'aider à se relever. Bien que ce geste eût pu être un geste princier, Stanton Ware sentit naître en lui une certaine méfiance. Il y avait sur l'affreux visage grêlé du prince une expression qui ne lui plaisait guère.

Les concubines s'assirent et on leur apporta du vin. Le prince affichait une gaieté bruyante et prétentieuse, tandis que Zivana demeurait très calme.

Stanton Ware aurait voulu savoir ce qu'elle pensait, mais il n'avait aucune chance de pouvoir lui parler en particulier.

Plus tard, alors que les concubines s'étaient retirées et qu'avec Li Hung-Chang il s'apprêtait à sou-

(1) Maître spirituel en Orient. *(N.d.T.)*

haiter au prince une bonne nuit, ce dernier lui dit :

– Très noble mandarin, je ne saurais dire combien votre visite m'honore et, afin que vous soyez tout à fait à l'aise dans ma maison, j'ai fait installer votre concubine, Perle Fine, dans la pièce contiguë à la vôtre.

– Je remercie Votre Altesse de sa délicatesse, répondit Stanton Ware.

– Votre serviteur est aussi près de vous, mais il doit être fatigué, comme vous sans doute, après un aussi long voyage et l'un de mes hommes dormira en travers de votre porte. Ainsi, si vous avez besoin de quoi que ce soit, vous n'aurez qu'à appeler.

Stanton Ware ne pouvait que le remercier, mais il y avait fort à parier que ce serviteur avait l'oreille fine et qu'il ne pourrait rien dire à Zivana sans que ce soit aussitôt rapporté mot pour mot au prince.

Il alla donc se coucher sans tenter de communiquer avec elle. Mais, étendu dans l'obscurité, tandis qu'il réfléchissait à la manière dont il pourrait approcher Li Hung-Chang, son esprit retournait sans cesse vers Zivana et il se rappelait combien elle lui avait semblé merveilleuse quelques heures auparavant.

Ce n'était pas seulement sa beauté, mais aussi sa distinction qui faisaient paraître les autres concubines, malgré leur séduction, presque insignifiantes, et on ne pouvait vraiment la comparer qu'à une pièce de jade parfaite ou à une perle sans défaut.

Stanton Ware revoyait son visage, chacun de ses traits, la courbe de ses lèvres, les lueurs étranges de ses yeux.

Sans aucun doute, elle mérite le nom qu'elle porte, pensait-il.

Mais il se dit ensuite qu'il y avait trop de passion

en elle pour qu'on puisse vraiment la comparer à une perle.

Peut-être ressemblait-elle plus à une émeraude, verte et mystérieuse comme un lac de montagne, ou à un rubis, renfermant dans ses profondeurs les feux ardents du soleil.

Il rit des réflexions, qu'il trouvait un peu ridicules, où l'entraînait son imagination, mais il pensait toujours à Zivana quand il s'endormit.

Le lendemain matin, à la satisfaction de Stanton Ware, le prince, après le petit déjeuner, informa ses invités qu'il devait s'occuper de ses affaires et il leur demanda de bien vouloir l'excuser pour une heure ou deux.

C'était l'occasion qu'attendait Stanton Ware.

Dès que le prince se fut éloigné, il proposa à Li Hung-Chang une promenade dans le jardin.

Une conversation dans la maison, ou même dans l'une des jolies petites cours, n'aurait pas été sans risques.

Il avait remarqué dans l'entourage du prince un certain nombre de serviteurs dont l'air vif et intelligent prouvait qu'ils n'étaient pas de simples créatures serviles destinées aux plus basses besognes, mais qu'ils remplissaient d'autres missions.

Les fleurs embaumaient dans le jardin et rien ne lui semblait plus beau que le printemps en Chine.

Ils trouvèrent un endroit digne du pinceau d'un artiste, pour s'asseoir sous un arbre qui ployait sous le poids de ses fleurs, dont le rose pâle se détachait sur l'azur du ciel.

Stanton Ware n'hésita pas à parler franchement.

– J'attendais l'occasion de vous parler, noble

mandarin, d'après l'assurance que m'en avait donnée Tseng-Wen.

– C'est bien le sentiment que j'avais, répondit Li Hung-Chang.

– Si je suis allé à Pékin, reprit Stanton Ware, ce n'était pas par curiosité, ni parce que j'étais las de ma vie calme et monotone dans les montagnes, mais parce que je me sentais profondément préoccupé.

– A cause de ce qui se passe dans le pays, je suppose.

– Vous qui avez toujours été tourné vers le progrès, qui avez introduit en Chine le modernisme, vous êtes sans doute aussi inquiet de la voie dans laquelle s'engage notre pays actuellement.

– Il est vrai que j'ai essayé d'amener la Chine à sortir de son immobilisme, répondit Li Hung-Chang, mais il m'a toujours fallu lutter désespérément pour tout ce en quoi je croyais.

– Cela, je le sais, noble mandarin, et cependant vous avez réussi à faire construire dans votre province le premier chemin de fer et poser les premiers fils télégraphiques, répondit Stanton Ware.

– C'est juste, mais pour le reste de la Chine, c'est une tout autre affaire!

– Les Boxers se sont promis de détruire les chemins de fer et je crois qu'ils ne s'attaqueront pas seulement aux chrétiens, mais aussi à tous ceux qui, dans notre peuple, voudront s'opposer à eux.

Li Hung-Chang hocha la tête et dit calmement, à voix basse :

– J'ai vu moi aussi les Boxers dans les rues et, chaque jour, sur plusieurs centaines de kilomètres, ils ne se sont pas contentés d'incendier des maisons : ils ont enlevé des gens et même résisté aux troupes gouvernementales.

– L'impératrice douairière doit bien être au courant ?

– On m'a dit que Sa Majesté, accablée de conseils contradictoires, se refuse à anéantir le mouvement.

– Et vous, n'acceptera-t-elle pas de vous écouter ?

– C'est pour cela que je me rends à Pékin, mais je suis tourmenté à l'idée de savoir les Boxers si près de la capitale.

– S'ils ont autant progressé au nord, cela signifie qu'ils doivent être nombreux au sud de la ville, dit Stanton Ware.

Il vit le visage du vieil homme se crisper et ajouta :

– On m'a dit à Pékin que les ministres des légations étrangères restent indifférents devant ces incidents et ne prennent toujours pas au sérieux les meurtres perpétrés contre les chrétiens.

– Les légations ne voient trop souvent que ce qu'elles veulent bien voir, répondit Li Hung-Chang d'un air énigmatique.

– C'est ce que je pensais moi-même, mais j'ai appris que chacune des cinq grandes puissances a en réserve des troupes qui peuvent être appelées en cas d'urgence.

Le vieux vice-roi reçut cette information sans sourciller, mais Stanton Ware avait la certitude qu'il l'avait enregistrée et ne l'oublierait pas.

– Encore une fois je peux me tromper, ajouta-t-il, mais je ne peux pas croire qu'après avoir lutté si ardemment pour avoir leur place en Chine, les grandes puissances abandonneront le terrain aussi facilement.

– Cela est certain, acquiesça le vice-roi. De plus

les troupes impériales sont bien faibles numériquement.

– Et comment serait-il possible que ces jeunes Boxers misérables, sans entraînement, ne soient d'aucune utilité en cas de guerre?

– Il ne doit pas y avoir de guerre, dit fermement Li Hung-Chang.

– Et pourtant notre pays semble s'engager sur cette voie. Les Boxers tentent de soulever le peuple. L'une de leurs proclamations a déjà été affichée dans un important lieu public de la cité chinoise.

– Que disait cette affiche?

Li Hung-Chang avait posé cette question sur un ton vif qui trahissait plus que tout son désarroi devant l'importance croissante du mouvement.

Stanton Ware lui récita le contenu de l'affiche; il se souvenait presque exactement de chaque terme.

– Les chemins de fer détruits, répéta le vice-roi dans un souffle.

Il se rappelait probablement combien il avait été fier du premier chemin de fer qu'il avait contribué à faire construire dans sa propre province.

Stanton Ware se pencha alors vers lui pour dire à voix basse :

– Très vénéré, tous les signes et présages vous désignent comme le seul homme capable de sauver la Chine, le seul homme qui, avec tout ce passé de réussites, puisse faire entendre raison à l'impératrice.

Le vice-roi poussa un profond soupir.

– Hélas ! je n'ai plus les faveurs de Sa Majesté. Elle écoute ceux qui la poussent à haïr les Occidentaux, à croire la Chine assez forte pour lutter seule.

– Comment peut-elle espérer vaincre? Il doit

bien y avoir des personnes assez courageuses pour lui dire que, selon toutes les prophéties, cette année doit être désastreuse et non bénéfique pour la Chine.

Après un moment de silence, Stanton Ware ajouta :

– Voulez-vous être le sauveur de ce pays pour lequel vous avez travaillé et combattu toute votre vie ?

– J'essaierai, répondit lentement Li Hung-Chang, je vous jure que j'essaierai; mais je deviens vieux et qui accepte d'écouter un vieil homme ?

Il y avait dans sa voix une note de pessimisme qui inquiéta Stanton Ware, et il s'empressa d'ajouter :

– Vous êtes la seule personne parmi les conseillers de Sa Majesté, qui aime la Chine et comprend aussi l'Occident. Vous n'ignorez pas l'influence énorme des grandes puissances; vous savez qu'elles n'accepteront jamais d'être détournées de leur but. (Il dit enfin avec une grande assurance :) Il n'y a que vous qui puissiez faire comprendre à Sa Majesté que le compromis est la seule voie possible.

Li Hung-Chang se redressa comme s'il se préparait pour le combat à venir.

– Je sais où réside mon devoir, dit-il. Je m'efforcerai d'éviter le désastre. Si j'échoue, j'attendrai la fin des hostilités et négocierai avec le vainqueur, quel qu'il soit, pour en obtenir les meilleures conditions possibles.

Le vice-roi semblait réfléchir à voix haute.

– Ceci, très vénéré, répliqua Stanton Ware, est certainement une consolation, mais, vous connaissant, j'espère que vous obtiendrez beaucoup plus.

– Vous me paraissez vous-même être doué de beaucoup d'habileté diplomatique, jeune homme, dit Li Hung-Chang comme si cette pensée venait de s'imposer à son esprit. Pourquoi ne retourneriez-vous pas à Pékin avec moi, pour joindre votre voix à la mienne?

– Hélas, mes paroles n'ont que bien peu de poids dans la Cité Interdite et cela fait trop longtemps que j'ai quitté mon domaine. Cependant mes pensées ainsi que mes prières seront avec vous, car je suis convaincu que vous êtes notre seul espoir.

– Vous me faites trop d'honneur!

Ils reprirent en silence le chemin qui menait au palais. Li Hung-Chang était plongé dans de profondes réflexions.

4

Dès que le prince Tuan fut de retour au palais, le vice-roi l'informa de son départ immédiat pour Pékin.

Stanton Ware, qui observait le visage grêlé du prince constata que cela le contrariait; mais il savait qu'il ne pourrait empêcher le vieil homme de faire ce qu'il voulait.

Avec un effort évident, le prince accepta donc la nouvelle de bonne grâce.

Comme le vice-roi quittait la pièce pour aller donner ses ordres aux serviteurs, Stanton Ware déclara en s'inclinant :

– Je dois également poursuivre mon chemin, Votre Altesse. Il me reste encore un long voyage à faire et j'ai déjà trop abusé de votre très généreuse hospitalité.

– Cela a été un plaisir pour moi de vous accueillir, répliqua le prince, et je ne peux vous laisser repartir aussi précipitamment. Nous avons eu trop peu de temps pour faire plus ample connaissance.

Stanton Ware était sur le point d'insister sur la nécessité de son départ quand le prince ajouta :

– Dès que le vice-roi sera parti, j'aimerais discuter d'un certain nombre de choses avec vous en particulier, n'ayant pu le faire en sa présence.

Cette proposition piquait trop sa curiosité pour que Stanton Ware refusât et il ne put que s'incliner de nouveau, en remerciant chaleureusement son hôte. Il ajouta simplement qu'il pouvait rester encore une nuit, mais qu'il reprendrait la route le lendemain à l'aube.

Le prince y consentit et, peu de temps après, ils virent le vice-roi s'éloigner du palais, accompagné d'une suite tout à fait impressionnante. Avec ses serviteurs aux livrées multicolores, chevauchant derrière la voiture jaune, cette scène, pensait Stanton Ware, constituait un sujet digne d'un peintre.

La voiture du vice-roi roulait à vive allure, suivie des serviteurs menant leurs chevaux au trot. Elle n'eut pas plus tôt disparu que le prince Tuan se tourna vers Stanton Ware :

– Allons nous asseoir dans le jardin; le soleil est si merveilleux après le froid de l'hiver.

– Je suppose que Votre Altesse est allée passer les tristes mois d'hiver à Pékin, dit Stanton Ware qui savait fort bien que le prince était demeuré à la cour de l'impératrice.

En vérité, il se demandait pourquoi le prince Tuan s'était retiré dans son palais de campagne. Quoi qu'il en soit il voulait obtenir tous les renseignements possibles de cet homme qui lui inspirait de moins en moins confiance.

Dès qu'ils furent installés derrière un large bassin à nénuphars, le prince se mit à parler :

– Je pense que le vice-roi, malgré tout le respect que je lui porte, appartient à la vieille école. Il croit que tous les problèmes peuvent être réglés selon des méthodes démocratiques.

– Cela est sûrement préférable à la violence, suggéra Stanton Ware.

Le prince eut un sourire déplaisant.

– Dans certaines situations, la violence est nécessaire pour atteindre le résultat voulu.

Stanton Ware garda le silence. Il avait décidé de parler le moins possible et d'être attentif à chacune des paroles de son hôte.

– Je connais vos sentiments, noble mandarin, reprit le prince. Mais il se peut que, vivant dans les montagnes de Shantin, vous soyez trop éloigné pour comprendre les problèmes qui assaillent Pékin : depuis leur installation, les étrangers et leur légations prennent de plus en plus de place dans notre capitale.

C'était précisément le sujet qui intéressait Stanton Ware. Les yeux fixés sur les fleurs, afin que le prince ne puisse surprendre l'expression de son regard, il répondit d'une voix lente et dépourvue de toute passion :

– Comme le dit Votre Altesse, je n'ai qu'une faible connaissance de ces problèmes.

– Mais pour nous ils sont primordiaux et je suis convaincu que tant que nous ne nous serons pas débarrassés des diables de l'Occident, la Chine ne pourra devenir une nation puissante. Heureusement, Sa Majesté commence à le comprendre elle aussi.

Le prince exprimait maintenant ses opinions ouvertement. Après un moment de silence, Stanton Ware demanda, simulant parfaitement l'ignorance :

– Mais les échanges commerciaux ne sont-ils pas importants pour notre pays?

– Nous pouvons nous suffire à nous-mêmes, répliqua le prince avec colère. A quoi peuvent donc bien servir les chemins de fer et les télégraphes, sinon à détruire le paysage et à encourager l'agitation chez les paysans?

C'était sans doute là le véritable motif de son opposition : les paysans risquaient bien de ne plus se laisser traiter en esclaves par leurs suzerains!

Grâce à la modernisation, ils ne supporteraient peut-être plus le travail intolérable qu'ils devaient fournir pour payer des impôts exorbitants.

Stanton Ware demanda alors pour essayer d'en apprendre plus :

– Les diables de l'Occident sont fermement implantés. Comment pourrons-nous jamais nous débarrasser d'eux?

Il vit une lueur s'allumer dans les petits yeux du prince.

Il espérait obtenir une réponse tout à fait franche, mais le prince dut trouver préférable de ne pas se confier totalement car il se contenta de répondre :

– Nous trouverons certainement des moyens pour parvenir à ce résultat.

Stanton Ware prit un air étonné.

– Vous êtes sans doute beaucoup plus avisé que moi, Votre Altesse, mais je peux difficilement imaginer comment nous pourrions les expulser sans une armée puissante!

Comme le prince se taisait, il poursuivit :

– D'après ce que j'ai pu apprendre à Pékin, les troupes impériales ont déjà assez de mal à maintenir l'ordre dans tout le pays.

– Cela est vrai, mais j'ai certaines idées sur la question, dit simplement le prince, qui ajouta aussitôt, tandis qu'un rictus se dessinait sur ses lèvres :

– J'aimerais être sûr de pouvoir compter sur

votre soutien à la conférence qui aura lieu d'ici peu dans la chambre du Conseil de la Cité Interdite.

– Cela serait pour moi un grand honneur de vous être utile, répondit humblement Stanton Ware.

– Voilà qui est parfait! Et si nécessaire j'enverrai un messager chez vous à Shantin, pour que vous veniez aussi vite que possible.

Stanton Ware s'inclina en signe d'acceptation. Puis son hôte passa à d'autres sujets. Il estima ne pas avoir appris grand-chose, si ce n'est que le prince avait quelques idées derrière la tête qui pourraient bien s'avérer dangereuses pour les légations. Le reste de la journée s'écoula lentement.

Stanton Ware informa Yin de sa décision de partir de très bonne heure le lendemain matin. Les serviteurs firent ses bagages, et repassèrent la robe de mandarin qu'il devait endosser pour le dîner.

C'était un vêtement somptueux que lui avait donné Tseng-Wen : brodé de perles, de corail et des huit emblèmes bouddhistes de la félicité.

A son grand étonnement, après un dîner en tête à tête, le prince ne lui proposa pas la compagnie de concubines. Ce fut un soulagement pour Stanton Ware.

Il avait remarqué de quelle manière le prince Tuan avait regardé Perle Fine la veille et, chaque fois qu'il y repensait, il se disait que plus tôt ils auraient quitté le palais, mieux cela vaudrait.

Cependant, après le dîner, comme ils étaient confortablement assis sur des sièges à coussins de soie, le prince déclara :

– Cela me serait très désagréable de penser que j'aie pu négliger mes devoirs d'hospitalité envers vous, très noble mandarin.

– Votre hospitalité ne pouvait être plus généreuse, répondit Stanton Ware.

Après quelques instants de silence, le prince reprit :

– Aujourd'hui une nouvelle fleur a été amenée au palais, jeune, pure, vierge et d'une grande beauté; elle vient de l'autre côté de la Grande Muraille, des environs de Jehol.

– Votre Altesse a beaucoup de chance; les femmes mandchoues de ces contrées sont célèbres pour leur beauté.

– Je suis heureux que vous l'ayez entendu dire, car 'aimerais vous faire don de cette exquise créature qui a pour nom Fleur de Magnolia.

Stanton Ware se raidit, comprenant soudain toute la portée de ces paroles.

Mais avant qu'il eût pu répondre, le prince ajouta :

– Je suis sûr que vous conviendrez avec moi qu'un homme audacieux désire toujours goûter un fruit qu'il ne connaît pas.

Stanton Ware se força à sourire.

– Votre Altesse est trop aimable, mais si un feu chaleureux vous satisfait, pourquoi en chercher un autre?

Stanton Ware n'ayant pas immédiatement accepté son présent, un éclair de colère enflamma le regard du prince, mais c'est d'une voix suave et d'un air dégagé qu'il répliqua :

– Le sage taoïste (1) Peng-Tsu a dit que pour tirer le plus grand bénéfice du plaisir sexuel, un homme doit faire l'amour à des vierges afin de retrouver sa jeunesse.

Stanton Ware se mit à rire, sincèrement amusé.

– C'est un bon conseil pour ceux qui deviennent

(1) Adepte du taoïsme, religion populaire d'Extrême-Orient, fondée par le Chinois Lao-Tseu au VIe siècle av. J.-C. *(N.d.T.)*.

vieux comme le vice-roi, mais quant à nous, Votre Altesse, grâce aux dieux, nous ne sommes pas encore près de perdre notre virilité!

Un rapide coup d'œil au prince lui suffit pour comprendre, devant ses sourcils froncés et son air mauvais, que sa colère ne faisait que croître.

Celui-ci ajouta, après quelques instants :

– Certains préfèrent l'expérience. Ma concubine, Fleur de Pêcher est très amoureuse de vous. Je ne peux pas croire que vous refuseriez de la rendre heureuse avant votre départ.

– Ma concubine, Perle Fine, est d'une nature jalouse. Je ne voudrais pas la blesser.

Ils en arrivèrent ainsi à l'affrontement direct et Stanton Ware sut que le prince était décidé à marchander avec lui jusqu'au bout, afin d'obtenir Zivana. Il rassembla toutes ses forces pour le combat.

– Je suis certain que Perle Fine serait aisément consolée par quelques bijoux ou peut-être par une nouvelle compagnie, dit le prince.

Stanton Ware se redressa.

– Je pense, très honorable hôte, que nous perdons un temps précieux à nous préoccuper de caprices de femmes.

Le prince Tuan comprit que Stanton Ware venait de claquer la porte des négociations et la fureur se peignit sur son visage. Mais avant qu'il pût répliquer, Stanton Ware poursuivit :

– Des hommes de notre intelligence, Votre Altesse, doivent-ils se baisser pour cueillir une fleur, quand ils sentent les premières secousses d'un tremblement de terre?

Le prince demeurait silencieux.

– Demain, Perle Fine et moi-même devrons partir avant que vous ne soyez réveillé. Me permettez-vous de me retirer maintenant et de vous remercier pour votre si gracieuse et si généreuse hospitalité?

Stanton Ware se leva et salua son hôte.

Le prince était si déçu, si furieux que ses désirs n'aient point été exaucés, qu'il ne se leva même pas, comme l'exigeait la bienséance. Il resta adossé aux coussins, l'air hargneux, se rongeant les ongles.

Lentement, sans vouloir paraître pressé, Stanton Ware se retira et il monta dans sa chambre où l'attendait Yin.

Il était bien sûr impossible d'avoir une quelconque conversation privée, car les serviteurs du prince qui étaient à l'extérieur, dans le couloir, pouvaient absolument tout entendre.

Comme c'était l'usage en Chine, les murs n'étaient pas épais; ils étaient en bois fin décoré de paysages, de phénix, de cigognes, de dragons aux couleurs chatoyantes.

Il n'était que trop facile pour quelqu'un d'entendre du dehors tout ce qui se disait ou se faisait dans la pièce.

Le *k'ang,* c'est-à-dire le lit, dans lequel Stanton Ware avait déjà dormi la veille, mesurait trois mètres de long; il était fait de briques, sous lesquelles on allumait un feu en hiver pour que le dormeur ait bien chaud.

Tout autour étaient tendus des rideaux de crêpe et de satin rouge, tissés selon un motif qui représentait des oiseaux Feng et des symboles porte-bonheur.

Il y avait quelques oreillers remplis, comme le couvre-lit, de duvet, tandis que d'autres contenaient des herbes dont le parfum embaumait toute la pièce.

Les portes, comme c'était la coutume, ne s'ouvraient pas d'avant en arrière; elles coulissaient le long des murs.

Dans la chambre de Stanton Ware, l'une d'elles s'ouvrait sur le couloir et l'autre communiquait avec la chambre de Zivana.

Il demanda à Yin, simplement par gestes, si elle se trouvait dans sa chambre. Le serviteur comprit et il hocha la tête affirmativement.

– Nous partirons dès l'aube, dit Stanton Ware à voix haute.

– Tout est prêt, noble maître, répondit Yin.

Comme Stanton Ware allait se coucher, Yin quitta la pièce en s'inclinant et passa dans le couloir en faisant glisser la porte derrière lui.

Stanton Ware grimpa dans le *k'ang,* s'allongea sur les oreillers, tout en pensant avec soulagement que leur visite prenait fin et que le lendemain ils pourraient partir.

Il n'était pas certain que sa mission ait totalement abouti. Il avait cependant réussi à convaincre le vice-roi de se rendre à Pékin. Il fallait espérer que, si ce dernier rencontrait des Boxers en route, leur présence l'inquiéterait autant qu'elle les avait inquiétés, Zivana et lui-même.

Zivana, dans sa chambre, avait entendu Stanton Ware se coucher; comme la veille au soir, c'était pour elle un soulagement inexprimable de le savoir tout près.

Depuis leur arrivée, elle sentait que régnait dans le palais une atmosphère diabolique qui émanait du maître des lieux.

Dès qu'elle posa les yeux sur le visage grêlé du prince Tuan et y surprit l'expression qu'il eut en la regardant, la peur ne la quitta plus.

Elle n'ignorait pas la cruauté dont il était capable; en fait, elle avait appris bien des choses sur son compte avant de pénétrer dans le palais.

Ses amis de la Cité Interdite lui avaient confié que le prince Tuan essayait par tous les moyens d'accroître son influence sur l'impératrice douairière.

Dans sa jeunesse, Ts'eu-hi s'était abandonnée aux plaisirs de la vie de Cour; elle avait accordé ses faveurs à des hommes dont la virilité et l'agressivité contrastaient vivement avec l'allure efféminée des eunuques.

Pendant de nombreuses années, le bruit courut qu'elle avait pris comme amant Jung-Lu, l'un des généraux les plus éminents de Chine et d'une très forte personnalité.

Bien qu'il eût peu d'idées en politique et fût souvent hésitant, il avait pu, en tant que favori de l'impératrice, accéder aux plus hautes fonctions dans le pays.

Mais en 1878, Jung-Lu qui était encore un viril soldat de quarante-trois ans était tombé en disgrâce.

L'impératrice n'avait qu'un an de plus que lui, mais, pour une femme, c'était un âge avancé. Ceux qui étaient dans le secret disaient alors que Jung-Lu avait été surpris en flagrant délit avec une dame du palais; l'impératrice avait agi comme une femme bafouée et personne n'avait pu la calmer.

Jung-Lu fut destitué de toute fonction officielle pendant les sept années durant lesquelles Ts'eu-hi put se forger l'image d'une douairière sérieuse, vénérée, posée, ayant dépassé l'âge des plaisirs voluptueux.

Bien qu'il fût un personnage essentiel pour les affaires de la Chine, Jung-Lu ne put retrouver toute l'affection de l'impératrice et c'est ainsi que le prince Tuan put entrer en jeu.

Il était laid, sans aucun charme, mais ses manières fougueuses, brutales et fières plaisaient à la vieille impératrice qui, à soixante-cinq ans, aimait toujours qu'un homme soit un homme.

Quant à Zivana, elle savait depuis le premier regard que cet homme était foncièrement mauvais et elle était sûre qu'il projetait une entreprise terriblement dangereuse.

Sa concubine favorite était sans aucun doute Fleur de Pêcher qui vivait avec lui depuis plusieurs années. Zivana la trouvait intelligente et estima qu'elle pouvait bien être au courant des plans de son maître; aussi décida-t-elle d'essayer de s'attirer ses confidences.

Le prince ne les ayant pas requises pour un divertissement après le dîner, Zivana eut la possibilité de parler à Fleur de Pêcher en tête à tête.

Il était facile de l'inciter à vanter les prouesses de son maître, non seulement en tant qu'amant, mais aussi en tant qu'homme d'Etat et personnalité influente en Chine.

Zivana s'était montrée fort habile et quand elle se coucha, elle avait appris tout ce qu'elle désirait savoir.

Comme Stanton Ware, elle savait que leurs moindres propos seraient entendus par les serviteurs qui dormaient devant leurs portes.

Il n'y avait aucune raison pour qu'elle-même soit aussi bien gardée que Stanton Ware – ce qui était bien la preuve que le serviteur se trouvait là non pour leur sécurité ou leur confort. Le prince les faisait espionner pour savoir tout ce qu'ils se disaient une fois seuls.

Il avait dû être déçu d'apprendre que, la veille, ils n'avaient pas tenté de communiquer; cependant Zivana n'avait pu ignorer la manière dont il l'avait regardée.

Stanton Ware ignorait encore que, le soir, le prince s'était rendu aux appartements des femmes pour, soi-disant, voir ses concubines. Celles-ci l'avaient accueilli avec des cris de joie et, quand elles se furent inclinées devant lui en signe de respect, il s'était adressé à Zivana.

Tout en parlant, il parcourait des yeux son visage, son corps, et elle avait l'impression qu'il la déshabillait du regard.

– Mes petits oiseaux d'amour prennent bien soin de vous? lui demanda-t-il. Avez-vous tout ce que vous désirez?

– Absolument tout, Votre Altesse.

– Votre maître a bien de la chance. Où a-t-il pu trouver une perle d'une aussi grande beauté?

– J'ai eu le privilège de rencontrer cet homme merveilleux qu'est mon maître dans la demeure de Tseng-Wen, répondit, sans mentir, Zivana.

– Je connais Tseng-Wen. Je regrette qu'il n'ait pas pensé à moi quand il vous cherchait un protecteur.

Zivana s'inclina en silence.

– C'est dommage. Bien dommage, reprit le prince.

Et le ton de sa voix, tout comme son regard, effrayait de plus en plus Zivana.

Néanmoins, elle s'était efforcée de chasser ces craintes et de ne penser qu'à ses rapports avec Fleur de Pêcher.

Mais maintenant, même dans sa chambre, voisine de celle de Stanton Ware, elle avait le sentiment désagréable que le Prince allait essayer de la rejoindre.

Grâce au genre de travail qu'elle avait exercé à Pékin et parce que toute sa vie elle s'était entraînée à développer sa perception et sa sensibilité, elle pouvait sentir la proximité du danger dans toutes les fibres de son corps.

Elle se dirigea vers l'alcôve où se trouvait son *k'ang.*

Il n'était pas aussi grand, ni aussi impressionnant que celui de Stanton Ware, mais néanmoins confortable et entouré de rideaux de satin rose pâle, brodés de fleurs.

Zivana sentait qu'elle n'arriverait pas à dormir et elle avait grande envie d'aller dans la chambre de Stanton Ware pour lui faire part de ses inquiétudes.

Mais elle craignait qu'il ne se méprenne sur ses raisons, qu'il ne comprenne pas qu'elle venait dans le cadre de leur mission.

Puis elle pensa que c'était là une idée absurde. Jamais elle n'avait eu l'impression qu'il s'intéressait à elle en tant que femme.

Peut-être était-il doué d'une maîtrise de soi toute britannique, mais elle se demandait si sa carrière ne l'absorbait pas au point de lui faire oublier toute autre préoccupation.

C'est alors qu'elle se rappela qu'il avait fait la connaissance de Tseng-Wen à l'instigation de Délice d'Amour.

Tseng-Wen lui avait dit franchement quel rôle jouait Délice d'Amour à Pékin, et en quoi la Maison des Mille Plaisirs offrait un grand avantage pour qui voulait obtenir des renseignements divulgués par les ministres qui allaient s'y divertir.

Zivana n'avait éprouvé aucune curiosité ni intérêt particulier pour ce sujet. Mais maintenant elle se souvenait des paroles chaleureuses de Tseng-Wen à propos de Délice d'Amour et elle se demandait ce que cette femme avait pu représenter pour Stanton Ware.

C'était bien la première fois depuis qu'elle le connaissait qu'elle se rendait compte qu'il était très séduisant.

Au début, elle avait été trop occupée à le haïr pour le considérer autrement que comme un Anglais insupportable; le type même, présomptueux et arrogant, de ceux qui avaient fait souffrir sa mère.

Puis, quand ils discutèrent ensemble, elle comprit combien il était intelligent et, de bien des manières, doué d'une sensibilité aussi aiguë que la sienne; ses sentiments à son égard s'étaient peu à peu transformés.

Elle le voyait désormais comme un ami en qui elle pouvait avoir confiance et avec lequel elle aimait travailler.

Maintenant elle le trouvait séduisant, comme ne pourrait certainement jamais l'être le prince Tuan.

La seule pensée du prince la faisait frissonner. Elle se sentit soudain la bouche sèche et traversa la chambre, pour aller chercher de l'eau dans la cruche placée sur une table, contre le mur du couloir.

Zivana avait déjà soufflé les bougies, mais une légère clarté filtrait par la pièce d'albâtre au-dessus du linteau de la porte.

L'albâtre était gravé du symbole de la chance; il était si fin et si parfait, qu'à travers la pierre légèrement veinée passait suffisamment de lumière pour y voir clair et se verser de l'eau dans un verre.

Elle allait porter le verre à ses lèvres quand elle entendit distinctement des pas feutrés dans le couloir. C'était un bruit si imperceptible qu'elle n'aurait pu le percevoir si elle était restée dans l'alcôve.

Sans même réfléchir à ce qu'elle faisait, elle s'approcha un peu et, collant son oreille contre la cloison de bois peint, elle entendit l'homme demander dans un souffle :

– Que veux-tu?

Et, dans un murmure, on lui répondit :

– Cette femme doit être amenée au prince!

Zivana entendit le serviteur s'éloigner de la porte. Alors, sans perdre une seconde, très vite, comme un oiseau qui prend son envol, elle traversa la pièce.

Elle fit coulisser la porte communiquant avec la chambre de Stanton Ware.

Elle entra, la referma derrière elle, tandis que la porte de sa chambre s'ouvrait silencieusement.

Stanton Ware s'endormait.

Il avait retourné dans son esprit tout ce qui avait été dit durant cette journée et, maintenant, ayant achevé la boucle, il repensait à la conversation qu'il avait eue avec le prince, après le dîner.

Sa première réaction fut de trouver intolérable la requête du prince de lui prêter sa propre concubine, que ce fût Zivana ou n'importe qui. Le prince abusait de sa situation de maître de maison en suggérant un tel échange.

Néanmoins, Stanton Ware était assez honnête avec lui-même pour admettre que ce genre de choses arrivait fréquemment. Le prince ne faisait qu'appliquer les règles de l'hospitalité en proposant à son invité une autre concubine.

Bien sûr, aucune jeune fille, vierge ou non, ne pouvait être comparée à Zivana; mais cette question n'avait même pas été soulevée.

Le véritable problème était que le prince avait essuyé un refus et Stanton Ware craignait fort que l'affaire n'en reste pas là.

Plus tôt nous serons loin d'ici, mieux ce sera, pensait-il.

Il ferma les yeux, espérant s'endormir pour arriver plus vite au lendemain.

C'est alors qu'il perçut un faible bruit; mais il ne comprit pas que c'était la porte de communication entre les deux chambres qui s'ouvrait. Cependant, il fut aussitôt sur le qui-vive, comme tout homme habitué au danger.

En l'espace d'une seconde, il fut complètement éveillé et prêt à agir.

Mais, du pied de son lit, une douce voix lui parvint :

– Très noble et très vénéré maître, votre humble concubine, Perle Fine, peut-elle venir près de vous en toute humilité, prête à se soumettre à votre bon plaisir?

Un instant, il demeura saisi par l'étonnement, puis il comprit : Zivana devait avoir de bonnes raisons pour venir et elle voulait lui faire comprendre qu'on les écoutait.

Il fallait que ceux qui les espionnaient croient qu'elle ne faisait que remplir les devoirs de sa fonction – ce pour quoi elle avait accompli ce voyage.

Stanton Ware répondit :

– Approche, Perle Fine. Je suis heureux de ta venue; en vérité, je t'attendais avec impatience. Sans ta présence à mes côtés, la nuit serait sombre et interminable.

Il sentait qu'elle s'approchait un peu plus de lui et il ajouta :

– Ta chaleur, ta douceur me sont nécessaires. J'ai la tête et le cœur lourds après les soucis et l'inquiétude de ces derniers jours.

– Je vous ferai oublier vos peines, vénéré maître

qui surpassez tous les héros de notre histoire, au même rang que les dieux.

– Prends garde, mon enfant, à ne pas rendre les dieux jaloux, dit Stanton Ware en souriant.

– Peuvent-ils être jaloux de l'un des leurs?

Zivana posa la tête près de lui, sur l'oreiller.

Sans la toucher, il dit alors d'une voix suave, sachant ce à quoi pouvaient s'attendre leurs espions :

– Tes cheveux sont comme la soie, ta peau, comme un pétale de rose. Beaucoup de femmes sont belles, mais je n'ai jamais vu de plus belle fleur que toi.

– Je me sens toute intimidée par vos paroles, répondit Zivana. Jamais aucun homme ne fut aussi fort, tout en ayant des mains si douces et des lèvres qui me transportent loin, au delà des sommets enneigés.

Elle parlait à voix basse, mais juste assez fort pour que ceux qui les écoutent puissent entendre.

Puis, tout contre l'oreille de Stanton Ware, elle murmura :

– Deux hommes sont entrés dans ma chambre pour... m'emporter chez le... prince.

Stanton Ware sentit la colère l'envahir.

Il dit à voix haute :

– La nuit dernière, nous étions fatigués, mais cette nuit tu resteras avec moi jusqu'à l'aube. Le parfum de ta chevelure et la douceur de ton souffle m'ont manqué.

Tout en parlant, jouant son rôle, il sentait le parfum de lis qui émanait de Zivana.

La plupart des concubines utilisaient les lourds parfums orientaux au musc et au santal, qu'il n'avait jamais beaucoup appréciés.

Zivana, quant à elle, s'en tenait à un parfum très

léger, dont la fraîcheur, la pureté lui rappelaient sa silhouette profilée sur les massifs de lis du jardin de Tseng-Wen.

Comme ils étaient ainsi étendus l'un contre l'autre sans se toucher, Stanton Ware sentit soudain son cœur battre furieusement.

Il désirait passionnément tenir Zivana serrée tout contre lui, l'embrasser et sentir véritablement la douceur, la chaleur de son corps.

Ce désir l'envahissait comme une vague, balayant par sa seule force toute volonté, tout contrôle et même toute pensée.

Il résistait cependant et c'était une véritable torture, qui lui laissait le front ruisselant de sueur, la bouche sèche, la gorge serrée.

Je la désire. Oh, mon Dieu, comme je la désire! pensait-il.

Alors il comprit que c'était là l'aboutissement des sentiments qu'elle lui avait inspirés dès le premier jour.

Il suffisait de la voir, si fine, si belle, pour se sentir transporté par l'émotion.

Mais depuis qu'il avait parlé avec elle et découvert son intelligence, la profondeur de sa pensée, l'amour était né en lui, pour grandir et s'approfondir chaque jour davantage.

Il savait que Zivana essayait simplement de lui offrir son amitié, sans nourrir pour lui d'autres sentiments et il s'était obligé à ne la considérer que comme une compagne de travail.

Ce n'est qu'en surprenant le regard plein de convoitise du prince la veille au soir qu'il avait senti s'éveiller soudain en lui la colère et la jalousie.

Il avait eu envie de serrer la gorge du prince de ses propres mains pour l'étrangler.

Encore maintenant, en pensant que le prince

n'hésitait pas à violer les lois de l'hospitalité, pour prendre par la force ce qu'on lui avait refusé, Stanton Ware aurait pu le tuer.

Mais il savait aussi que le moindre esclandre se retournerait contre eux. Ils se trouvaient seuls dans le camp de l'ennemi et pour le moment, il n'y avait rien d'autre à faire que de jouer la carte de la sécurité et de garder Zivana auprès de lui.

Il était peu vraisemblable que le prince ose envoyer ses hommes dans sa propre chambre. Mais il aurait été facile d'enlever Zivana sans que Stanton Ware s'en aperçût, si elle n'était venue chercher sa protection.

Les hommes du prince devaient être, comme tous les Chinois, très habiles à se déplacer silencieusement dans une pièce et Zivana se serait retrouvée bâillonnée et impuissante avant même d'avoir compris qu'ils étaient là.

Ils l'auraient transportée jusqu'aux appartements du prince et là, il n'y aurait plus eu de fuite possible.

Le lendemain matin, elle aurait été ramenée à Stanton Ware, ou peut-être pas. De toute manière, il n'aurait rien pu faire.

On n'accordait que peu d'importance aux concubines et, même si elle avait disparu, il lui aurait été difficile de trouver quelqu'un pour l'aider à la rechercher.

Tout en songeant à l'horreur des événements qui auraient pu se produire, Stanton Ware désira ardemment prendre Zivana dans ses bras, la couvrir de baisers, lui jurer qu'il la protégerait jusqu'à son dernier souffle.

Néanmoins il demeurait étendu à ses côtés, raide et immobile et, au bout d'un moment, elle murmura :

– J'ai quelque chose... d'important... à vous dire.

– De quoi s'agit-il?

– Fleur de Pêcher m'a confié que les Boxers arrivent de toutes parts pour se rassembler autour de Pékin et qu'ils entreront dans la ville au signal donné.

– Qui leur donnera le signal?

– Le prince!

– Quand?

– Le treize de ce mois.

La nouvelle était grave. Il fallait qu'elle soit immédiatement transmise à Li Hung-Chang ainsi qu'à Herbert Squiers.

– Fleur de Pêcher est-elle sûre de ces renseignements?

Sans répondre, Zivana hocha la tête.

– Il nous faut retourner à Pékin, dit-il. Nous prendrons la direction du nord, comme si nous allions à Shantin et ensuite, nous ferons demi-tour.

Puis, pensant de nouveau à ceux qui les écoutaient, il dit à voix haute :

– Tu es merveilleuse! Je n'ai jamais connu joie plus grande que celle que tu me donnes, Perle Fine.

– Tout ce que je désire, c'est de vous rendre heureux, répliqua Zivana.

– Tu m'as rendu très heureux. Mais maintenant nous devons dormir, car nous avons encore un long chemin à parcourir et je ne voudrais pas que tu sois fatiguée.

Il ne pouvait lui parler ainsi sans ressentir une émotion réelle et il savait que ses paroles devaient sembler tout à fait convaincantes.

C'était pour lui une torture de sentir Zivana si

proche, tout en sachant qu'il lui était interdit de la toucher, car il risquait de l'effrayer.

Il se retourna de manière à lui tourner le dos.

– Dors maintenant, ajouta-t-il. Je suis là, mais profondément heureux de te savoir à mes côtés.

– Que les dieux vous apportent de doux rêves, répondit Zivana. Vous êtes le meilleur des hommes et toute femme pourrait être fière d'avoir un tel amant.

Tout ceci n'est peut-être qu'une comédie, se dit Stanton Ware, mais, oh mon Dieu, que j'aimerais que ce soit vrai !

Il sentait son corps plein de fièvre et son cœur qui battait la chamade. Couché sur le côté, lui tournant le dos, il l'entendit s'installer, poser la tête au creux d'un oreiller et tirer le couvre-lit sur son corps.

Ils étaient désormais en sécurité sur le *k'ang*, mais il savait qu'il ne pourrait pas dormir, non seulement pour protéger Zivana, mais surtout parce que le tourment qui le dévorait l'empêchait de se détendre.

Il la désirait comme jamais il n'avait encore désiré une femme. Il se jura de tout faire pour qu'un jour elle en vienne à l'aimer.

Ils partirent le lendemain matin et, comme Stanton Ware s'y attendait, le prince ne vint pas assister à leur départ.

Son administrateur, son secrétaire, son chambellan et une douzaine de ses principaux serviteurs étaient là, invoquant les dieux pour qu'ils les protègent et leur portent bonheur.

Enfin la voiture verte emporta Zivana et Stanton Ware à travers le jardin fleuri puis le parc.

Une fois arrivés aux portes du domaine, les serviteurs, à qui Yin avait donné toutes les instructions nécessaires, prirent la direction du nord, au lieu de la route de Pékin.

Ils roulaient donc au pied des montagnes de l'Ouest et le soleil levant apparaissait derrière les extraordinaires grands pins argentés de la vallée de Pékin, chantés dans des milliers de poèmes sans que jamais on pût trouver les mots pour exprimer toute leur beauté.

Ils avaient peut-être parcouru quatre cents mètres quand, à la surprise de Stanton Ware, Yin arrêta l'équipage et vint ouvrir la porte pour s'adresser à lui :

– Pardonnez-moi, maître, mais j'ai oublié de vous donner le livre de méditation que vous m'aviez demandé pour le voyage. C'est une grande négligence de ma part et je vous demande très humblement de m'accorder votre indulgence.

Tout en parlant, il tendit un petit livre à couverture de cuir à Stanton Ware qui, comprenant que Yin avait trouvé ce prétexte pour lui parler confidentiellement, répondit :

– Merci, Yin, j'allais te le demander.

Le serviteur se pencha en avant pour resserrer la couverture autour des jambes de Stanton Ware et il dit tout bas :

– Dans une demi-heure, ordonnez que l'on s'arrête pour que vous puissiez boire.

Il ressortit du véhicule et Stanton Ware déclara à voix haute :

– Ces départs matinaux troublent mes méditations. Je serais content d'être rentré afin que ma vie reprenne son cours normal.

Avant qu'il ait fini de parler, Yin avait repris sa place sur le siège de cocher et ils repartirent.

Zivana, qui avait entendu ce qu'avait dit Yin, murmura :

– A votre avis, que se passe-t-il?

– Je n'en ai pas la moindre idée, répondit Stanton Ware.

Maintenant que la voiture roulait de nouveau, il était impossible aux serviteurs qui chevauchaient de chaque côté de les entendre quand ils parlaient à voix basse.

– Vous ne pensez pas que le prince pourrait nous faire suivre? reprit Zivana un peu plus tard.

– Cela me semble peu probable. De toute manière, il nous faut encore rouler deux heures dans cette direction, avant que je puisse donner un prétexte pour faire demi-tour vers Pékin.

– Je pense qu'un pressentiment serait un excellent prétexte, suggéra-t-elle avec un petit sourire; vous pourriez prétendre avoir eu la vision de votre ami Tseng-Wen malade.

– Pensez-vous que les serviteurs me croiraient? demanda Stanton Ware d'un ton amusé.

– Ils seront trop contents de le croire. Les signes, les augures, les présages sont déjà efficaces en eux-mêmes et, de plus, je suis persuadée qu'ils préfèrent rentrer à Pékin, plutôt que de voyager jusqu'aux montagnes de Shantin.

Stanton Ware se mit à rire.

– Vous avez tout à fait raison. Bien que ce voyage soit bien payé, je n'ai vu ce matin aucun signe de contentement sur leurs visages.

– Soyez-en sûr! Dès qu'ils galoperont en direction de la cité, ils se dépenseront sans compter, comme des chevaux qui sentent l'écurie, pour arriver aussi vite que possible.

– Je suis certain que vous ne vous trompez pas et c'est tant mieux. Je veux transmettre à Li Hung-

Chang les renseignements que vous avez pu obtenir afin de renforcer encore son désir de convaincre l'impératrice du danger que peuvent constituer les Boxers.

– Le Vénérable Bouddha croit ce qu'elle veut bien croire et rien de ce qu'elle ne veut pas croire.

– Alors elle n'attendra pas longtemps avant de connaître la vérité.

Zivana poussa un soupir.

– Comment peuvent-ils être aussi naïfs, elle et les membres du Conseil? Ils devraient bien se rendre compte que la seule force des Boxers ne peut suffire à éloigner les grandes puissances pour toujours.

– Le prince est un homme mauvais, sans scrupule, répliqua Stanton Ware. Je pense qu'il ne se soucie absolument pas de la Chine, mais seulement de lui-même.

Il avait prononcé ces mots avec colère, conscient toutefois qu'il lui était impossible de juger le prince, ou simplement de penser à lui, sans parti pris.

Toute la nuit, tandis que Zivana et lui-même étaient couchés dos à dos sur le grand *k'ang*, il avait ressassé sa colère contre le prince et son infâme projet d'enlever la jeune fille afin de la garder prisonnière dans ses appartements.

Rien que d'imaginer Zivana à côté de cet homme cruel, il serrait les poings de toute la force de ses sentiments.

« Si jamais je tue quelqu'un de sang-froid, pensait-il, ce sera le prince Tuan; le monde n'en sera que plus propre. »

Mais le palais, avec sa foule de serviteurs, n'était certainement pas le lieu où commettre ce crime.

Cependant, il était bien content de n'avoir pas

revu, avant leur départ, l'horrible visage du prince, avec ses petits yeux de fouine toujours fixés sur le corps merveilleux de Zivana.

C'était un projet insensé de lui faire jouer le rôle d'une concubine. Néanmoins, comme l'avait prévu Tseng-Wen, elle lui avait apporté une aide très efficace.

Il avait deviné à quel point le prince était compromis avec les Boxers, mais, sans la présence de Zivana, jamais il n'aurait su la date précise à laquelle ils projetaient d'envahir la capitale.

La difficulté, il le savait, serait de convaincre tout le monde des événements qui se préparaient et de la nécessité de prendre des mesures pour les empêcher. Il n'avait pas oublié l'obstination du ministre britannique, ni l'aveuglement et l'autosatisfaction de son collègue américain.

– Nous devons nous dépêcher de rentrer à Pékin, dit Stanton Ware.

Zivana lui sourit, indiquant ainsi qu'elle devinait ses pensées.

– Cela m'ennuie de prendre du retard, reprit-il, mais il vaut mieux que nous suivions le conseil de Yin.

Il cria au cocher de s'arrêter et ajouta :

– Je désire boire quelque chose. Le vin que j'ai absorbé hier soir m'a laissé la bouche aussi sèche qu'un désert. Nous allons nous reposer quelques minutes à l'ombre d'un arbre.

– Le soleil est déjà chaud, maître, répondit Yin. Puis-je conduire l'équipage un peu à l'écart de la route? Ainsi les chevaux ne seront pas importunés par les mouches et pourront ensuite galoper d'autant plus vite.

– Fais comme tu veux, répliqua Stanton Ware sur un ton désagréable.

Tout en parlant, il vit deux serviteurs échanger un coup d'œil, comme si la mauvaise humeur de leur maître les amusait.

Yin conduisit le véhicule le long d'un sentier qui serpentait à travers les arbres.

Quand il fut parvenu à un endroit d'où l'on ne pouvait plus les voir de la route, Yin dit au cocher de s'arrêter et les serviteurs descendirent de cheval. Les animaux se mirent à brouter l'herbe, tout en battant l'air de la queue.

– Très noble maître, dit Yin, si vous voulez bien aller un peu plus haut, vous trouverez un endroit confortable où vous installer. Je vais vous apporter, ainsi qu'à la noble dame, un peu de vin et je suis sûr que le mal de tête qui ne vous a pas quitté de la nuit se dissipera rapidement.

– Je l'espère, répondit Stanton Ware, d'un ton maussade, comme s'il en doutait fort.

Il s'éloigna avec Zivana de la voiture, marchant sur la mousse, entre les pins argentés et dès qu'ils furent assez loin pour n'être pas entendus, Yin fut près d'eux.

– Nous n'avons pas une minute à perdre! Le prince a ordonné à ses serviteurs de se lancer à votre poursuite.

– Ils vont nous rattraper! s'écria Zivana.

– J'ai surpris ce projet avant notre départ du palais, expliqua Yin, mais je n'ai pu vous en informer auparavant.

– Quelles sont les intentions du prince? demanda Stanton Ware.

– Vous, maître, aurez un regrettable accident mortel et votre compagne sera ramenée au palais.

– Qu'allons-nous faire?

– Je vous ai apporté deux costumes de coolies (1). Vous pourriez vous changer pendant que je vais chercher le vin dans la voiture.

Il déposa à leurs pieds deux coussins dont le dessus de soie était décousu et Zivana en sortit un *custer*, large chapeau de paille de coolie.

Jetant un coup d'œil à Stanton Ware, elle courut se cacher derrière un pin, où elle retira son somptueux manteau de satin rose, ses souliers mandchous incrustés de perles et ses épingles à cheveux.

Quelques minutes plus tard, Stanton Ware, vêtu de la tunique et du pantalon bleus que portent hommes et femmes en Chine, vit Zivana apparaître de derrière l'arbre.

Elle était habillée exactement comme lui, si svelte que l'on aurait pu la prendre pour un jeune garçon.

Tous deux avaient aux pieds des sandales plates, informes, retenues par une lanière de cuir entre le premier et le deuxième orteil.

Zivana avait noué sur sa tête un foulard qui dissimulait presque complètement ses cheveux noirs et, dessus, elle posa le simple chapeau de paille à larges bords qui protégeait les paysans du soleil.

Yin ramassa leurs vêtements et glissa dans sa poche les épingles à cheveux et les faux ongles de Zivana.

– Suivez-moi, honorable gentilhomme, dit-il à Stanton Ware.

Il les mena le long d'un sentier qui grimpait, en serpentant au milieu des pins, jusqu'au pied de la montagne abrupte.

(1) Travailleur, porteur en Inde et en Chine. (*N.d.T.*).

Là, dans la roche, étaient creusées un grand nombre de grottes.

Yin se tourna vers Stanton Ware.

– Il y a des grottes jusqu'au sommet de la montagne. Allez aussi loin que vous le pouvez et, si jamais vous entendez les hommes du prince, essayez d'en trouver une où vous puissiez vous cacher.

– C'est ce que nous ferons. Et toi, que vas-tu faire?

– Dès que possible, je retourne à Pékin pour avertir mon maître.

– Dis-lui d'annoncer immédiatement à Li Hung-Chang que les Boxers arrivent sur Pékin et qu'ils doivent entrer dans la cité le 13 juin, avec le prince Tuan à leur tête.

Yin hocha la tête.

– Je pensais bien que cela devait arriver, mais j'ignorais la date.

– Informe aussi Herbert Squiers à la légation américaine. Dis-lui que tu viens de ma part; il attend un message.

– Je le ferai, promit Yin. Maintenant, noble maître, dépêchez-vous!

Il leur donna un sac rempli de vivres, puis emporta leurs vêtements un peu plus loin et les dissimula dans une cavité trop étroite pour que des hommes à la recherche d'êtres humains pensent à la fouiller.

Il les enfouit si profondément qu'on ne voyait plus que ses semelles dépasser du trou. Quand il ressortit, brossant le sable sur ses vêtements, Stanton Ware lui demanda :

– Tu as de l'argent?

– Bien suffisamment et vous, vous aurez besoin de ce que vous avez sur vous.

Yin, qui avait aidé Stanton Ware à s'habiller, savait qu'il portait à la taille une ceinture bourrée d'argent chinois.

– Dépêchez-vous, noble maître, répéta-t-il. Je vais m'en retourner lentement à la voiture et dire aux serviteurs qu'ayant trop bu hier soir, vous vous êtes endormis.

– Merci, Yin, fais bien attention à toi.

Stanton Ware tendit la main à Zivana.

– Nous avons une rude escalade à faire, dit-il calmement.

Et ils partirent ensemble sans se retourner.

5

– Vous n'avez pas trop mal aux pieds? demanda Stanton Ware à Zivana.

– Il m'est arrivé de marcher dans des chaussures plus confortables! répondit-elle en souriant.

– J'ai fait tant de kilomètres dans des sandales de ce genre que mes pieds y sont habitués, ajouta-t-il. Mais je me fais du souci pour vous.

– Nous avons suffisamment de souci à nous faire pour des choses bien plus graves.

En effet, Stanton Ware ne pouvait l'ignorer. Cependant, assis sur la mousse qui recouvrait les roches, au-dessus d'une étroite rivière à l'eau cristalline aussi pure qu'un diamant, comment imaginer qu'ils étaient encore en danger!

Ils n'avaient cessé de grimper et se trouvaient maintenant, parmi les pins, près du sommet d'une montagne.

Il commençait à faire très chaud et très lourd sous les branches des grands pins argentés et c'est en pensant à Zivana qu'il avait proposé cette halte pour se restaurer avec les provisions de Yin.

A aucun moment elle ne s'était plainte et pourtant il savait que cette escalade, déjà épuisante pour un homme, l'était sans doute encore plus pour une femme. Le frottement contre sa peau douce de la lanière de cuir entre ses orteils devait la faire terriblement souffrir.

Ils mangèrent un peu des délicieux mets exotiques qui venaient du palais.

Stanton Ware ne dit rien, persuadé cependant qu'ils ne dégusteraient de si tôt un aussi bon repas.

Il fut rassuré de trouver dans le sac un rasoir grâce auquel il pourrait garder le menton et le crâne lisses, ainsi qu'un flacon de cette pommade pour les paupières.

– Quelles sont vos intentions, maintenant? demanda Zivana.

– Nous devrions aller par les sommets vers le sud, car les hommes du prince croient que nous nous dirigeons vers le nord.

Elle hocha la tête, puis, contemplant l'eau qui tourbillonnait en dessous d'eux, ajouta :

– Il va faire froid cette nuit. Je suis sûre que cette rivière vient de la neige des sommets.

– Nous trouverons un endroit abrité, répondit Stanton Ware.

Il ne voulait pas montrer son inquiétude à Zivana. Mais il n'ignorait pas le froid des hautes altitudes, quand la neige est encore épaisse aux sommets et que le vent souffle dans les arbres.

Il rangea leurs provisions dans le sac, prenant soin de ne laisser aucune trace de leur passage. Mais au moment même où il allait se lever, il entendit des voix dans le lointain.

Il se tourna vers Zivana : elle aussi avait entendu. Sans un mot, ils se levèrent et reprirent leur épuisante escalade sur la rocaille.

Etaient-ils fatigués, ou trop inquiets? Stanton Ware avait l'impression qu'ils avançaient encore plus difficilement qu'auparavant. Ils se hissaient avec peine sur d'énormes rochers et en découvraient d'autres encore plus infranchissables.

En toute autre circonstance, Stanton Ware eût admiré le merveilleux paysage, étrange et exotique, qui les entourait.

Les énormes troncs des pins ressemblaient à des piliers en argent martelé, et les nouvelles pousses du printemps s'élançaient à l'extrémité des branches, noires comme la nuit.

Ils n'entendaient plus les eaux tumultueuses de la rivière, tout était devenu silencieux et d'une étrange solennité.

Mais dans le lointain, et de plus en plus proches, des voix d'hommes s'interpellaient.

Stanton Ware eut l'impression d'entendre un bruit de bâtons heurtant le sol, comme si ces hommes étaient en train de chasser une bête sauvage.

– C'est bien ce que nous représentons pour eux, se dit-il, des bêtes qu'il faut traquer et abattre.

Cela faisait deux heures qu'ils grimpaient et leurs poursuivants gagnaient du terrain; aussi se mit-il à chercher une grotte dans laquelle, comme l'avait suggéré Yin, ils pourraient se cacher. Mais, à cette altitude, les grottes étaient de plus en plus rares.

Et soudain, comme il fouillait parmi les arbres, il découvrit un temple.

Pendant quelques instants, il crut à un mirage, puis il comprit que c'était un ancien temple, probablement déserté.

En s'approchant, ils trouvèrent un long escalier qui menait à une cour, puis un second jusqu'au temple lui-même.

La cour était entourée de très vieux pins argentés. Au delà du premier temple, Stanton Ware découvrit d'autres cours et d'autres bâtiments, séparés les uns des autres.

Autrefois de nombreux moines avaient dû y séjourner et y méditer, mais maintenant l'herbe envahissait les pierres de la cour. Le temple devait être vide et désolé, en dehors peut-être de quelques chauves-souris suspendues à ses poutres sculptées.

Néanmoins, ce pouvait être une excellente cachette et, quand ils parvinrent au pied de l'escalier, sans qu'il eût besoin de rien dire à Zivana, tous deux grimpèrent les marches en courant.

Leurs sandales claquèrent sur le sol de la cour. Ils gravirent le second escalier et découvrirent que le temple était plus vaste qu'ils ne le pensaient.

Le toit en tuiles avait à chaque angle une avancée en forme de corne pour repousser les mauvais esprits.

Ils entrèrent par les portes ouvertes, à présent fendillées et aux peintures délavées par les intempéries.

Dans la salle, immense et obscure, ils découvrirent une colossale statue dorée de Bouddha dans la position du lotus. Avec ses énormes mains jointes dans une sérénité éternelle, il semblait tout droit sorti d'un rêve.

Stanton Ware aperçut alors au pied de la statue une coupelle de cuivre où de nombreux bâtons d'encens laissaient échapper leur parfum et une spirale de fumée bleue.

Comme Zivana, il demeura saisi, ne sachant trop que faire. Mais à l'instant, ils perçurent dans l'ombre les pas feutrés de quelqu'un qui devait marcher pieds nus.

Avant même de le voir, Stanton Ware devina qu'il

s'agissait d'un prêtre et, s'avançant un peu, il chercha des yeux le visage de l'homme.

Il y avait en Chine deux sortes de prêtres bouddhistes : les hommes stupides et placides, originaires du peuple, et la vieille race aristocratique des érudits à l'allure distinguée.

Fouillant l'obscurité du temple pour découvrir à quel genre de prêtre ils avaient affaire, Stanton Ware priait pour que cet homme leur apporte l'aide dont ils avaient tant besoin.

Il parut enfin devant eux : c'était un homme plein de dignité et comme entouré d'un halo de spiritualité.

Sa robe, très simple, était propre et soignée et, bien qu'il contemplât Stanton Ware et Zivana avec le regard froid et énigmatique des Chinois, ses yeux révélaient une certaine finesse d'esprit.

S'inclinant très bas, Stanton Ware déclara :

– Nous vous prions de nous donner asile, Votre Sainteté.

Le prêtre demeura impassible; son visage était comme un masque.

– Je vous le demande au nom du Joyau du Lotus, reprit Stanton Ware.

Tout en parlant il fit le signe secret, connu seulement de ceux qui ont étudié dans les grandes lamaseries, où les lamas constituent une sorte de franc-maçonnerie bien à eux, ignorée du reste du monde.

Pendant un instant, le prêtre, surpris, regarda Stanton Ware. Mais avant qu'il pût répondre, ils entendirent des hommes se frayer un chemin parmi les buissons sous les pins et l'écho de leurs voix vibrait dans la cour déserte.

– Aidez-nous, supplia Stanton Ware.

Le prêtre se retourna et dit un seul mot :

– Venez!

Ils le suivirent dans l'obscurité d'où il était sorti et, comme il faisait très sombre, Stanton Ware prit la main de Zivana dans la sienne.

Liés l'un à l'autre, sans pouvoir cependant marcher côte à côte, tant le passage était étroit, ils avancèrent jusqu'à ce que soudain Stanton Ware comprît qu'ils se trouvaient derrière la statue de Bouddha.

Le prêtre s'arrêta, et sans doute appuya-t-il sur quelque touche secrète car, devant eux, apparut une étroite ouverture dans le lotus d'or sur lequel était assis le dieu.

D'un geste de la main, il leur fit signe d'y entrer. Ils durent se courber en deux pour passer, mais une fois à l'intérieur, l'espace apparut aussi vaste que la statue elle-même.

Stanton Ware entendit le déclic imperceptible de la porte qui se refermait derrière eux, tandis que les pas de leurs poursuivants résonnaient sur les marches en pierre.

Les hommes s'interpellaient, criant qu'ils avaient découvert un temple et, de nouveau, leurs pas se rapprochèrent quand ils traversèrent la cour.

Stanton Ware retint sa respiration, tout en se demandant s'il ne serait pas difficile de respirer dans cette cachette.

Mais il aperçut juste devant eux des petits trous percés dans les mains du Bouddha. On pouvait ainsi non seulement respirer, mais encore voir grâce à eux ce qui se passait à l'intérieur du temple.

Entraînant Zivana, il s'avança de manière à pouvoir regarder au-dessus des coupelles de cuivre remplies de bâtons d'encens, et ils virent les premiers hommes du prince franchir les portes ouvertes.

Quatre marchaient en tête, mais suivis d'un grand nombre qui gravissaient encore les marches. Tous brandissaient la petite épée courbe qu'ils portaient habituellement à la ceinture.

Ils regardaient tout autour d'eux, quelque peu impressionnés par le silence, la solennité du temple et par l'énorme statue dorée de Bouddha.

C'est alors que, de la même manière qu'il était apparu à Stanton Ware et à Zivana, le prêtre sortit de l'ombre.

Que puis-je faire pour vous, mes fils? demanda-t-il.

Sa voix était douce et profonde et, à ses intonations, Stanton Ware reconnut qu'il pratiquait les exercices de respiration enseignés par les lamas.

– Nous cherchons un homme et une femme, Votre Sainteté, répondit l'un des hommes.

Il ne semblait plus du tout impressionné par le lieu et, tout en parlant, il se mit à fouiller l'obscurité du regard, cherchant sa proie.

– Un homme? reprit le prêtre.

– Un mandarin, Votre Sainteté.

– Et pourquoi faut-il que vous le cherchiez les armes à la main?

– Il a volé à notre maître, Son Altesse le prince Tuan, un bijou de valeur.

– Vraiment? dit le prêtre sèchement. Et pourquoi viendrait-il ici avec cet objet?

– Cet homme a violé les lois de l'hospitalité et il doit payer son forfait de sa vie, répondit le sbire avec agressivité.

– Et la femme? demanda le prêtre.

– C'est une concubine sans importance, mais nous avons reçu l'ordre de la ramener avec nous.

– Pourquoi des gens de cette espèce viendraient-ils dans ce temple consacré au Seigneur Bouddha ?

Le prêtre avait parlé sur un ton sévère. L'homme détourna les yeux, l'air embarrassé.

– Nous les avons suivis dans les bois, Votre Sainteté. Ils ne peuvent être bien loin.

Comme le prêtre gardait le silence, un autre homme s'avança pour demander :

– Vous n'avez pas vu ce mandarin ?

– Je n'ai vu aucun mandarin, répondit-il sans avoir besoin de mentir.

– Ils peuvent s'être cachés pendant que vous étiez à vos prières, Votre Sainteté.

– Alors, cherchez-les, mon fils, si tel est votre désir. Mais, en ce lieu sacré, rengainez vos épées, car, comme vous le savez, le dieu Bouddha nous interdit d'ôter la vie à quiconque.

D'un air piteux, les hommes du prince rengainèrent leurs épées puis, sans attendre plus longtemps, se mirent à fouiller le temple.

En dehors de la grande statue, la salle était vide et cela ne leur prit pas beaucoup de temps. Ils se dispersèrent ensuite dans les autres bâtiments et les cours.

Cependant le prêtre demeurait immobile et silencieux devant la statue dorée comme si leurs agissements ne l'intéressaient pas.

Quand ils revinrent, l'un d'eux déclara :

– Il n'y a aucune trace de leur présence ici, Votre Sainteté.

Le prêtre se contenta d'incliner la tête. Puis, en vociférant, ils redescendirent en courant les marches du temple et disparurent dans l'obscurité des bois.

Quand le dernier homme atteignit le bas de

l'escalier, Stanton Ware sentit sa tension se relâcher et une vague de soulagement l'envahir.

Il n'avait cessé de regarder par les petits orifices de la statue, immobile, respirant à peine, certain que s'ils étaient découverts tout espoir serait perdu, pour lui comme pour Zivana.

Quand enfin il put laisser s'échapper en un soupir le souffle qu'il retenait si fort, Zivana se retourna et se jeta contre sa poitrine.

Il l'entoura de ses bras et, tandis qu'il la tenait ainsi serrée contre lui, il se rendit compte qu'elle tremblait convulsivement.

Il ne dit rien, mais la serra plus fort, comme il avait tant désiré le faire la nuit précédente.

Elle leva la tête vers lui et il comprit qu'elle allait parler.

Avec l'expérience qu'il avait de ce genre de mission et familier de toutes sortes de situations dangereuses, Stanton Ware savait qu'une fouille n'était pas terminée parce que les poursuivants semblaient avoir disparu.

D'autre part, le prêtre n'avait encore fait aucun geste pour les libérer.

Le moindre bruit pouvait les trahir; il lui fallait donc empêcher Zivana de prononcer les mots, quels qu'ils soient, qui tremblaient sur ses lèvres. Alors, inclinant la tête, il posa sa bouche sur la sienne.

Il n'avait pas vraiment l'intention de l'embrasser, mais avait eu cette réaction instinctive pour éviter le danger.

Cependant, quand ses lèvres touchèrent celles de Zivana, il sut que se réalisait le désir ardent qui n'avait cessé de le brûler – l'empêchant de dormir toute la nuit durant.

Pendant un instant il sentit qu'elle se raidissait, comme frappée de stupeur. Puis, tandis qu'il la tenait ainsi prisonnière, pressant ses lèvres, très douces et innocentes, les mains de la jeune fille, un instant crispées, se détendirent et son corps parut se fondre au sien.

Stanton Ware la serra encore plus fort et un sentiment étrange, comme magique, l'envahit : il comprit que ce baiser était différent de tous ceux qu'il avait pu donner ou recevoir auparavant.

Le danger qu'ils venaient de traverser ensemble n'était pas seul responsable de son intensité, ni même l'extraordinaire beauté de Zivana et l'amour qu'il ressentait déjà pour elle. Il lui semblait que leurs deux âmes s'appartenaient depuis toujours et qu'elles s'étaient rencontrées à travers l'éternité pour ne plus faire qu'une.

Dans la grande lamaserie d'Orient où il avait séjourné, Stanton Ware avait appris à développer sa perception et sa sensibilité; en cet instant, tout ce qu'il croyait de ce monde et de l'au-delà se trouva concrétisé dans cette affirmation : cette femme était sienne car ils avaient déjà passé mille vies ensemble.

L'obscurité de leur cachette sembla s'évanouir pour faire place à la transparence dorée du séjour des dieux; c'était bien la demeure que méritait leur amour en cette vie, et qui convenait également à leur union et à leurs sacrifices dans des vies antérieures.

En un éclair, Stanton Ware fut persuadé que peu d'hommes avaient la chance de connaître un tel bonheur; il venait de découvrir l'impossible idéal qu'il cherchait désespérément depuis toujours.

Un parfum de lis émanait de Zivana. Elle ne tremblait plus et ses frissons mêmes trahissaient son émerveillement, cet émerveillement qui l'envahissait lui-même tout entier.

Son extase, son exaltation devinrent plus sensuelles, tandis que ses lèvres se faisaient plus pressantes, plus passionnées et que Zivana répondait à son élan.

Ils demeurèrent saisis dans cette inexprimable félicité sans plus avoir aucune notion du temps qui s'écoulait.

Quand enfin Stanton Ware releva la tête, il eut presque un choc en revenant à la réalité immédiate et il comprit que c'était le prêtre, en bougeant, qui l'avait fait sortir de cette extraordinaire béatitude.

Il entendait maintenant le glissement de ses pieds nus sur le sol et sa voix qui disait :

– Vos compagnons sont déjà loin; vous devriez aller les rejoindre.

Il avait parlé d'un ton sec et autoritaire. En regardant par les trous de la statue, Stanton Ware vit deux hommes du prince émerger d'un coin sombre, l'air un peu honteux.

– Nous voulions simplement nous assurer, Votre Sainteté, que l'homme que nous cherchons ne se cache pas dans quelque terrier que nous aurions négligé de fouiller, dit l'un d'eux hargneusement.

– Vous déshonorez ce lieu! s'écria le prêtre. Sortez!

Comme s'ils craignaient qu'il ne les maudisse – et tous les Chinois, quelle que soit leur religion, redoutent les malédictions des prêtres –, les deux hommes sortirent en courant. Puis ils dévalèrent les marches en se bousculant et disparurent dans le bois.

Stanton Ware avait donc eu raison d'empêcher Zivana de parler. Et cela lui avait également permis de découvrir, avec elle, un émerveillement indescriptible.

Elle n'avait fait aucun geste pour s'écarter de lui, mais au contraire, comme intimidée, avait enfoui son visage tout contre son épaule.

Le léger déclic de la porte secrète se fit entendre derrière eux et Stanton Ware eut l'impression que le monde terrestre venait empiéter sur le paradis qu'ils avaient découvert dans le sanctuaire du Bouddha.

A contrecœur, Zivana quitta l'asile de ses bras et, baissant la tête, se faufila dehors par l'étroit passage, suivie par Stanton Ware.

– Comment puis-je remercier Votre Sainteté? demanda-t-il au prêtre.

– Suivez-moi.

Ils traversèrent la cour intérieure derrière le temple et il les fit entrer dans la petite bâtisse où il vivait.

Il n'y avait qu'une seule pièce, très simple, meublée d'une table, d'une chaise et d'un poêle rudimentaire.

Un énorme *k'ang*, sur lequel pouvaient dormir une douzaine de moines ou de voyageurs, occupait tout le mur du fond.

Le prêtre referma la porte et, pour la première fois, un léger sourire se dessina sur ses lèvres minces.

– Vous ne me faites pas l'impression, mon fils, de quelqu'un qui aurait en sa possession un bijou de grande valeur, dit-il.

– Voici le joyau qu'ils cherchaient, Votre Sainteté.

Stanton Ware désigna de la main Zivana qui vint s'agenouiller devant le prêtre, inclinant la tête jusqu'à terre.

– Relève-toi, mon enfant, dit-il. Il n'y a plus de

danger et après la longue escalade que vous venez de faire, vous devez avoir soif.

– En effet, répondit Stanton Ware. Mais vous nous obligeriez en partageant avec nous la nourriture qui nous reste.

– Et vous partagerez également la mienne.

Ils s'installèrent autour de la table pour manger les restes des mets exotiques venant du palais, ainsi qu'une soupe de légumes et du riz, apportés sans doute par l'un des quelques fidèles fréquentant le temple.

Ils étaient certainement peu nombreux en ce lieu isolé; mais Stanton Ware savait que les Chinois pouvaient parcourir des kilomètres pour aller honorer un temple quand ils croyaient en ses pouvoirs bénéfiques.

Le prêtre ne leur posa aucune question et Stanton Ware lui sut gré de son manque de curiosité, car cela lui évitait de mentir.

Tandis qu'ils étaient ainsi tous trois assis autour de la table, il avait du mal à détacher son regard de Zivana.

Elle avait dénoué son foulard et l'avait posé à côté de son chapeau de paille. La lumière jetait des reflets dans ses cheveux et elle lui semblait encore plus belle dans son simple costume de coolie, que dans les satins brodés et les bijoux qu'elle portait habituellement.

Elle rayonnait de tout son être, comme jamais encore auparavant : il savait que c'était par la grâce de l'amour.

Après le repas, le prêtre débarrassa la table et leur dit :

– Je dois aller dire mes prières du soir, mais je vous conseille, mes enfants, de rester ici cette nuit. Les hommes du prince vont continuer à vous chercher, car ils doivent craindre de revenir bredouilles chez leur maître.

– Nous ne voudrions pas vous faire courir de risques, Votre Sainteté, répondit Stanton Ware. Cependant, il va faire froid dehors et nous vous sommes très reconnaissants pour votre hospitalité.

– Il va faire froid, en effet. C'est pourquoi, pendant mon absence, vous devriez allumer le feu au-dessous du *k'ang*. Quelques aimables personnes viennent m'aider le matin, mais, le soir, je suis seul.

– Je le ferai, déclara Stanton Ware.

Le prêtre leur sourit et quitta la pièce en refermant la porte derrière lui.

Stanton Ware regarda Zivana qui courut vers lui et enfouit son visage au creux de son épaule.

– J'ai eu... peur, dit-elle doucement, terriblement... terriblement... peur!

– Et maintenant qu'il n'y a plus de danger?

– Je suis heureuse, heureuse, comme je n'imaginais même pas que l'on puisse l'être.

Posant la main sous son menton, il releva le visage de la jeune fille vers lui.

– Est-il vrai que tu m'aimes? J'ai peur que ce ne soit mon imagination qui m'abuse.

– Je t'aime, murmura-t-elle, mais je l'ignorais jusqu'au moment où tu m'as... embrassée.

– Je sais que je t'aime depuis la nuit dernière, dit Stanton Ware. Ce fut pour moi une torture indescriptible d'être couché à tes côtés sans pouvoir te toucher. J'avais décidé d'attendre et de ne rien dire qui puisse t'effrayer avant d'avoir la certitude que cet amour était partagé. (Il ajouta en souriant :) Je t'ai embrassée, mon amour, pour que tu ne trahisses pas notre cachette, car j'étais sûr que des hommes étaient restés en arrière pour nous guetter.

– C'était vraiment stupide de ma part de n'avoir pas pensé qu'ils pouvaient nous tendre un piège.

– Je suis heureux que tu n'y aies pas pensé.

Elle baissa les yeux en murmurant :

– Moi... aussi.

Il l'embrassa, doucement d'abord, puis plus passionnément et de nouveau un sentiment, différent de tout ce qu'il avait jamais ressenti auparavant, l'envahit.

– Je t'aime, Dieu sait combien je t'aime! s'écria-t-il. Jamais, ma chérie, tu n'aurais dû être impliquée dans une telle aventure.

– Je n'ai pas peur. Pas quand tu me tiens ainsi. Mais j'ai été très effrayée la nuit dernière. Maintenant que nous sommes loin du palais et que je suis seule avec toi, je sais que tu me protèges.

– Je veux te protéger, dit Stanton Ware en soupirant. Mais ce ne sera pas facile; nous ne sommes pas encore près d'arriver à Pékin.

– Douterais-tu de ta force et de ton intelligence? demanda Zivana pour le taquiner. Puis elle ajouta :

– Comment pourrais-je regretter quoi que ce soit, maintenant que je sais que nous nous appartenons, que je fais partie de toi-même.

– Bien que je sois anglais?

– Tu es simplement... toi, répondit-elle tendrement. J'étais vraiment sotte d'attacher une quelconque importance à la nationalité de la personne que, sans le savoir, j'attendais depuis toujours.

– Moi aussi, je t'attendais et désespérais de ne jamais te rencontrer.

Il ne put s'empêcher de l'embrasser de nouveau, sauvagement, passionnément. Le corps de Zivana se pressa contre le sien et il comprit qu'il avait éveillé en elle une passion aussi brûlante que la sienne.

– Je t'aime! Je t'aime! s'écria Zivana. Nous devons être très... prudents; je ne supporterais pas de te perdre maintenant!

– Nous réussirons, répliqua Stanton Ware. Peux-tu en douter, quand nous avons été sauvés de la catastrophe par le Seigneur Bouddha en personne?

– Et en nous offrant un asile, ajouta-t-elle à voix basse, il nous a emportés avec lui dans une indescriptible et inimaginable béatitude.

– C'est cela l'amour, l'amour que nous avons l'un pour l'autre, ma parfaite petite perle, mon cœur, ma vie!

Sa voix se fit plus grave, pleine d'une flamme possessive à laquelle elle répondait, comme s'il éveillait en son âme une douce musique.

Enfin, avec un effort, Stanton Ware s'écarta de Zivana.

– Allumons le feu, comme nous l'a conseillé notre hôte, dit-il. Cette nuit, ma chérie, nous serons bien chaperonnés. Mais peut-être est-ce mieux ainsi!

Zivana surprit l'expression de son regard et ses joues s'empourprèrent.

– Tu me fais rougir... mais je crois que j'aurai froid... si tu ne me serres pas... tout contre toi.

– Nous ne pourrions faire autrement de toute manière. Je regrette cependant que Yin n'ait pas pensé à nous fournir des vêtements plus chauds.

– Ceux-ci sont suffisants pour la journée, mais le soir...

Elle frissonnait, car la nuit commençait à tomber et, comme elle l'avait prévu, l'air glacé des sommets enneigés se faisait déjà sentir.

Du bois était entassé dans un coin de la pièce et

Stanton Ware se hâta d'allumer le feu sous le *k'ang*. Zivana l'aida à porter les bûches et le regarda racler les cendres encore chaudes de la veille.

Peu de temps après, un bon feu pétillait, emplissant la pièce d'une agréable odeur de pin.

Stanton Ware allait embrasser Zivana pour la remercier de son aide quand la porte s'ouvrit.

Le prêtre leur sourit avec bienveillance.

– Vous devez tous deux être fatigués; aussi le mieux est-il de dormir tôt. Un jeune garçon vient tous les matins de bonne heure m'apporter ma nourriture avant d'aller travailler. Je saurai, grâce à lui, si vous pouvez poursuivre votre chemin sans crainte.

– Nous vous sommes profondément reconnaissants pour votre amabilité, dit Stanton Ware. Sans vous, à l'heure actuelle, je serais mort.

– Et moi, je serais... à la merci du... prince, ajouta Zivana, frémissant d'horreur.

– Je crois que vous avez été conduits ici, dit le prêtre. Et ceux que le Bouddha secourt demeurent entourés de Sa lumière protectrice.

– Cela est vrai, répondit Stanton Ware, qui le pensait sincèrement.

Avec Zivana, il grimpa sur le *k'ang* qui commençait à être bien chaud et le prêtre leur donna d'épaisses couvertures tissées par les paysans avec la laine des moutons de Mongolie.

Ils se couchèrent tout habillés et le prêtre fit de même; puis il choisit le bord extrême du *k'ang* et se tourna vers le mur. Stanton Ware se glissa auprès de Zivana qui était couchée de l'autre côté.

Il borda bien la couverture et attira la jeune fille tout contre lui. Elle posa la tête sur son épaule, avec un petit soupir de contentement, tandis qu'il lui baisait le front et les cheveux.

Puis, il laissa délibérément son esprit vagabonder, en pensant à la chance qu'ils avaient eue d'échapper à une horrible fin.

Il était persuadé que le prêtre avait raison : ils avaient en effet été conduits au temple et ce n'était pas un simple effet du hasard s'ils avaient eu la vie sauve.

Stanton Ware avait vécu trop longtemps en Orient pour ne pas être persuadé que la vie de chaque être est contrôlée par le destin et que le *karma* ressemble à une rivière tortueuse, de la naissance à la réincarnation. Les bonnes actions de sa vie passée lui avaient valu la rencontre de la merveilleuse, de la parfaite Zivana et il remerciait les dieux de tout son cœur.

Leur fatigue était si grande que ni l'un ni l'autre n'entendirent le prêtre se lever à l'aube pour se rendre au temple.

Néanmoins, quand il revint deux heures plus tard, il les trouva tous deux éveillés, un peu honteux de voir le soleil darder ses rayons sur les tuiles de la cour.

Le prêtre entra dans la pièce et posa un bol de riz sur la table.

– Je ne voulais pas vous réveiller, dit-il, et il était préférable que le jeune garçon qui est venu m'apporter le petit déjeuner ne vous voie pas.

Stanton Ware descendit du *k'ang* pour aider le prêtre à préparer le thé parfumé qu'ils burent dans de petites tasses de porcelaine sans anse.

Tandis qu'ils avalaient par petites gorgées la boisson brûlante, le prêtre déclara :

– D'après le jeune garçon, les hommes du prince sont encore nombreux dans la forêt. Ils ont dormi cette nuit sous les arbres et sont repartis en chasse dès l'aube.

– Vont-ils revenir ici? lui demanda Stanton Ware.

– Cela me semble peu probable. Sauf peut-être pour me demander si je vous ai vus. Ils recherchent, paraît-il, un mandarin.

– Ce que je ne suis pas; mais je m'étais en effet déguisé en mandarin, avoua Stanton Ware.

Le prêtre demeura silencieux et Stanton eut la certitude qu'il avait deviné la vérité depuis le début.

Comme ils ne pouvaient toujours pas quitter l'asile que leur offrait la petite maison, Stanton Ware, pour faire plaisir au prêtre, lui parla de la lamaserie où il avait séjourné et étudié.

Il raconta comment l'un des grands lamas l'avait initié à la sagesse et lui avait révélé le signe secret grâce auquel il avait pu se faire reconnaître en entrant dans le temple.

Ils restèrent encore deux jours, puis le prêtre leur annonça qu'ils pouvaient poursuivre leur voyage sans danger.

Bien que ce fût pour eux une joie inexprimable d'être ensemble, de pouvoir s'embrasser et se serrer l'un contre l'autre, sitôt qu'ils étaient seuls, leur objectif demeurant cependant d'atteindre Pékin au plus tôt.

L'amour ne les dispensait pas de remplir leur mission, et Stanton Ware se demandait avec angoisse si Yin avait pu transmettre son message à Tseng-Wen et à Herbert Squiers. Mais il voulait surtout ne prendre aucun risque à cause de la présence de Zivana.

Le troisième jour, le prêtre leur annonça qu'ils pourraient le lendemain matin poursuivre leur escalade dans la montagne.

Ce soir-là, il les emmena avec lui au temple où il

allait dire ses prières. Sachant que tel était son désir, Stanton Ware et Zivana s'agenouillèrent à ses côtés devant le Bouddha géant.

Les bâtons d'encens dans la coupelle de cuivre étaient plus nombreux que d'habitude et l'atmosphère était lourde de parfum.

Alors, comme il regardait les volutes de fumée bleue qui montaient au plafond, Stanton Ware comprit pourquoi le prêtre les avaient conduits là.

A travers la fumée, étincelait un cercle d'or dont la lumière lui sembla pénétrer son cerveau, jusqu'à ce qu'apparaisse une minuscule image, telle une scène observée par l'envers d'un télescope.

Il vit des hommes qui marchaient au pas; c'étaient des soldats – des Européens, et parmi eux des Japonais.

Ils se trouvaient devant les murs fortifiés de Pékin, puis, alors qu'ils avançaient, les grands murs s'écroulèrent, dévoilant les pavillons pourpres, orange, vermillon.

Les soldats continuèrent d'avancer et Stanton Ware les vit entrer dans la rue du Canal où se trouvait la légation britannique, avec son pavillon flottant au vent.

Ils ouvrirent les portes toutes grandes, une foule se précipita au-dehors avec des acclamations, des cris, des gestes d'enthousiasme, femmes et enfants courant à la rencontre des troupes...

Puis Stanton Ware se retrouva dans l'ombre, il ne vit plus que la fumée bleue et le visage serein du Bouddha.

Quand il se releva, il se rendit compte que le prêtre était parti, mais Zivana se jeta dans ses bras.

– Qu'as-tu vu, ma chérie? lui demanda-t-il.

– J'ai vu... deux charrettes de paysans qui quittaient le... Palais Impérial par la... Porte des Prouesses Militaires, murmura-t-elle.

Il ne dit rien et elle reprit au bout d'un moment :

– Dans l'une d'elles se trouvait une femme âgée, vêtue de la simple robe de coton bleu des... paysannes, mais son visage était noir de colère.

Zivana se tut, puis ajouta :

– C'était... l'impératrice douairière, accompagnée de... l'empereur, vêtu d'une simple robe noire et aussi... du prince Tuan.

Stanton Ware reprit son souffle. Il comprenait la signification de cette vision et en quoi elle était liée à ce que lui-même avait vu.

L'impératrice douairière, l'empereur et leurs conseillers s'enfuiraient de la cité quand les soldats des grandes puissances y entreraient.

Le lendemain matin, Stanton Ware et Zivana repartirent. Ils projetaient de rester dans les montagnes au moins deux jours encore; puis, ils redescendraient dans la vallée de Pékin et approcheraient de la cité par le chemin où l'on risquait le moins de les attendre.

Cela semblait facile quand ils en avaient parlé. Pourtant, dès qu'ils se remirent en marche, ils retrouvèrent les mêmes difficultés qu'auparavant et Stanton Ware ne cessait de craindre que ce soit trop dur pour Zivana.

Mais elle était beaucoup plus résistante qu'elle n'en avait l'air. Elle lui apprit d'ailleurs que, contrairement à la plupart des Chinoises, elle faisait chaque matin des exercices corporels, qu'elle avait étudié le yoga et s'entraînait régulièrement, tant mentalement que physiquement.

Cette pratique lui fut d'un grand secours pendant cette interminable escalade. Ils étaient parfois obligés de descendre et de remonter de profonds ravins; les sentiers qui dominaient les gorges étaient souvent si glissants, si dangereux que Stanton Ware était terrifié à l'idée qu'elle pouvait tomber.

Ils passèrent la première nuit dans une grotte; serrés l'un contre l'autre, et malgré la couverture que leur avait donnée le prêtre, ils eurent froid.

Au moment de partir, Stanton Ware avait laissé un important don d'argent au temple.

Il savait que s'il l'offrait directement au prêtre, celui-ci refuserait; aussi l'avait-il caché sous une tasse à thé renversée sur la table.

La sincérité avec laquelle le prêtre leur avait donné sa bénédiction avait fait dire à Zivana :

– Maintenant, je suis sûre que nous rentrerons sains et saufs.

Et elle semblait si heureuse que Stanton Ware ne désirait rien de plus que de la croire.

Le premier danger survint quand ils redescendirent dans la plaine. Rencontrant un fermier qui élevait du bétail, ils tentèrent de marchander pour lui acheter deux de ses chevaux. Il refusa de les vendre, sous le prétexte qu'il en avait besoin pour lui-même; mais il leur conseilla d'aller voir un autre fermier, qui pourrait leur donner satisfaction.

Il leur fallait faire un détour de plusieurs kilomètres, cependant Stanton Ware pensa que cela en valait la peine.

Un homme hargneux, aux traits mongols plutôt que chinois, consentit à leur vendre deux vieux chevaux dont il n'avait plus besoin.

C'étaient des bêtes lentes et têtues, mais, au moins, Zivana pouvait reposer ses pieds. Elle ne s'était jamais plainte, mais ses orteils étaient en sang d'avoir tant marché sur les rochers pointus.

Stanton Ware voulait lui éviter à tout prix le moindre danger et il insista pour faire un très long détour avant de prendre la direction de Pékin.

Ils dormirent dans des endroits insolites, dans des granges vides car les récoltes n'étaient pas encore rentrées, dans une auberge, plus propre et moins surpeuplée qu'elles ne le sont habituellement.

Ils se trouvaient loin maintenant des sommets enneigés, aussi les températures étaient-elles très élevées dans la journée et douces la nuit. C'est ainsi qu'ils dormirent une nuit à l'ombre de quelques saules pleureurs dont le feuillage verdoyant les protégeait et semblait murmurer la musique de l'amour.

Puis, comme ils approchaient de la cité, ils rencontrèrent des Boxers. A dire vrai, il y en avait partout. Dans chaque attroupement, dans chaque village, tout au long de la route, dans des campements installés dans les champs, ils apercevaient des taches rouges, tandis que le moindre pan de mur était recouvert d'affiches.

Stanton Ware voulait, autant que possible, éviter tout contact avec eux. Mais une fois, comme ils s'étaient arrêtés dans un tout petit village pour acheter un peu de nourriture, apparurent soudain une douzaine de Boxers.

Déguenillés, sales, agressifs, ils arboraient leur foulard rouge avec autant d'orgueil que s'ils avaient conquis l'immortalité.

Stanton Ware se hâta de payer leurs achats et allait remonter à cheval lorsque l'un d'eux l'interpella.

C'était un jeune homme robuste, de dix-neuf ou

vingt ans, avec un visage marqué par la petite vérole et des cheveux tombant presque jusqu'aux épaules.

– Où allez-vous? demanda-t-il.

– Ma femme et moi ramenons ces chevaux au fermier à qui ils appartiennent, répliqua Stanton Ware. Ensuite, nous aimerions revenir au village pour assister à votre spectacle, si vous en donnez un.

Il parlait à la fois avec empressement et humilité, ce qui sembla faire plaisir au Boxer.

– Il faudra vous hâter, dit-il. Nous faisons justement une collecte pour une représentation.

– Nous allons faire vite.

Le Boxer se tourna alors vers Zivana.

Elle avait la tête baissée, si bien que son visage se trouvait dissimulé par le large bord de son chapeau de paille.

Stanton Ware vit le regard de l'homme s'attarder sur sa mince silhouette et il fut frappé d'une soudaine terreur, comme d'un coup de glaive.

Le Boxer s'approcha de Zivana.

– Voyons un peu votre épouse. Nous manquons de femmes par ici.

Stanton Ware ne fit pas un geste.

Il pensa qu'il pouvait assommer sans peine le Boxer, mais si les autres l'entendaient, ils viendraient le venger.

– Faites voir un peu votre visage, dit le Boxer à Zivana.

Elle releva la tête et la surprise de Stanton Ware égala celle du Boxer.

Ses yeux louchaient monstrueusement et sa bouche était tordue en une horrible grimace.

Le Boxer fit un pas en arrière.

– Allez, circulez, fit-il brutalement. Il faudra vous

dépêcher pour ne pas manquer notre spectacle de magie.

– Nous revenons tout de suite, répondit Stanton Ware en sautant sur sa selle.

Ils reprirent leur route et peu à peu les battements de son cœur s'apaisèrent.

Une fois sortis du village, il demanda à Zivana :

– Comment as-tu fait pour avoir l'air aussi repoussant ?

Elle éclata de rire, comme quelqu'un qui vient de jouer un bon tour.

– Quand je vivais dans la Cité Interdite, il y avait un eunuque que nous détestions toutes et avec quelques amies je faisais des grimaces derrière son dos. Cela faisait rire nos autres compagnes, et il se demandait toujours ce qui les amusait ainsi.

Stanton Ware se mit à rire lui aussi. Cependant il était fermement décidé à ne plus prendre aucun risque et estima qu'il valait mieux avoir faim jusqu'à leur arrivée à Pékin, plutôt que de rencontrer d'autres Boxers.

Quand ils furent au milieu de la vallée ils aperçurent un bâtiment en feu et Zivana poussa un cri.

– Sais-tu ce que c'est ? demanda-t-elle.

– Je n'en suis pas sûr.

– C'est la résidence d'été de la légation britannique.

– Inutile de se demander qui est l'auteur de cet incendie, conclut-il, plein de colère.

Il comprit que c'était le commencement de la guerre qu'ils redoutaient. Il fallait espérer qu'Herbert Squiers avait bien reçu son message et que sir Claude Macdonald était au moins au courant du danger qui les menaçait.

Mais ne pouvant atteindre Pékin ce soir-là, ils

dormirent sous des arbres, dans le parc privé du palais d'été d'un ministre.

Ils ne s'approchèrent pas de la demeure qui devait être fermée et barricadée. Stanton Ware se demanda combien de gens s'étaient ainsi retranchés dans l'éventualité d'une attaque des Boxers.

Le lendemain, aux proches abords de la ville, ils virent partout d'importants rassemblements de Boxers.

De nombreux Chinois étaient sortis de la cité pour venir les regarder, bouche bée, et ils réclamaient des spectacles, persuadés de l'authenticité de chaque tour de magie. Et dans la foule, il y avait d'innombrables foulards et écharpes rouges, plus que Stanton Ware ne l'avait cru possible.

Même si les rebelles étaient tous des miséreux, illettrés et grossiers, le prince Tuan pouvait de toute évidence compter sur un grand nombre de partisans.

Le lendemain après-midi, dans les faubourgs de la ville plusieurs églises étaient en feu.

Stanton Ware évita de s'en approcher et, tout en restant dans les rues transversales, ils pressèrent leurs chevaux en direction du quartier où se trouvait la maison de Tseng-Wen.

Ils avaient voyagé toute la journée pour atteindre Pékin; la nuit tombait quand, enfin, ils descendirent de cheval, non pas devant la porte principale du domaine, mais devant une poterne réservée aux serviteurs.

C'était en effet plus prudent, ainsi que l'expliqua Stanton Ware :

– Le prince Tuan peut très bien se trouver maintenant à Pékin et guetter ton retour. S'il a posté des hommes pour surveiller la maison, ils peuvent t'enlever avant même que nous ayons frappé à la porte.

– Tu penses à tout, répondit-elle tendrement.

– J'essaie de penser à toi, d'ailleurs je ne peux pas penser à autre chose, et surtout à ta sécurité.

– Tant que nous ne serons pas à l'intérieur de la maison, tu ne diras pas que nous avons réussi, répliqua Zivana en souriant.

Quand Stanton Ware mit pied à terre pour aller frapper à la porte de service, il constata avec satisfaction que la rue était vide. Mais personne ne répondit et, jetant à Zivana un regard plein d'inquiétude, il frappa de nouveau.

Il attendit longtemps et allait frapper pour la troisième fois quand on tira les verrous. Un visage apparut dans l'entrebâillement de la porte.

C'était Yin!

Zivana sauta à bas de son cheval.

– Tu es rentré, Yin! s'écria-t-elle. Dieu merci, tu es sain et sauf; nous nous sommes fait beaucoup de souci pour toi.

– Et moi pour vous, maîtresse.

Il les fit entrer rapidement et conduisit leurs chevaux à l'écurie.

Stanton Ware suivit Zivana; ils traversèrent deux cours avant d'arriver à la maison elle-même.

Dès qu'ils furent à l'intérieur, il eut la certitude que Tseng-Wen était absent. La demeure semblait vide et en effet, à son retour, Yin leur déclara :

– Mon maître est parti.

– Où cela? lui demanda Zivana.

– Chez son honorable frère à trente kilomètres à l'est. Mon maître, très inquiet quand je lui ai transmis votre message, ajouta-t-il en se tournant vers Stanton Ware; s'est aussitôt rendu au palais pour voir Li Hung-Chang.

– Voilà qui me soulage, dit Stanton Ware.

– A son retour, mon maître a estimé qu'étant donné la manière dont s'était conduit Sa Majesté le prince Tuan, mieux valait pour lui qu'il quitte Pékin.

Zivana se tourna vers Stanton Ware.

– Je pense qu'il a agi sagement, dit-elle à voix basse. Le prince aurait pu s'en prendre à lui.

Stanton Ware hocha la tête affirmativement.

– Je suis resté ici, dit Yin, pour attendre votre retour et je suis très heureux que vous soyez là.

– Nous aussi, répliqua Zivana. Et, quant à moi, j'ai hâte de pouvoir me changer.

– Je vous conseille cependant, maîtresse, de ne pas rester dans cette maison. J'ai renvoyé les serviteurs, mais le prince pourrait bien encore faire surveiller les alentours.

– C'est ce que tu craignais, fit observer Zivana à Stanton Ware.

– Où pouvons-nous aller? demanda-t-il.

– Dans le pavillon des Lotus au fond du jardin, répondit Yin. C'est un endroit tranquille et je m'occuperai de vous.

– Quelle idée merveilleuse! s'écria Zivana en battant des mains. Très peu de gens connaissent l'existence du pavillon des Lotus.

Elle prit la main de Stanton Ware.

– Viens voir. Tseng-Wen l'a fait construire pour sa femme il y a des années. Personne n'y a vécu depuis sa mort, c'est un lieu de toute beauté. Un lieu fait pour l'amour.

Elle avait prononcé ces derniers mots à voix basse pour que lui seul les entende. Stanton Ware la regarda dans les yeux, serrant amoureusement ses doigts entre les siens.

6

Au fond du jardin, dissimulé par quelques saules pleureurs, se dressait un pavillon blanc entouré de canaux artificiels.

On y accédait par une étroite passerelle et dès que Stanton Ware l'aperçut il se rangea à l'avis de Zivana : c'était un lieu fait pour l'amour.

Ses murs étaient recouverts d'un treillis délicatement gravé et, à chaque angle du toit, une avancée en forme de monstre était censée éloigner les mauvais esprits.

Autour du pavillon, l'eau était envahie par les fleurs de lotus qui venaient d'éclore et dévoilaient la beauté de leurs pétales blancs.

Quand, après avoir franchi la passerelle, Stanton Ware pénétra à l'intérieur du pavillon, il lui parut être un cadre parfait pour la beauté de Zivana.

Il n'y avait que deux pièces. La première, qui était aussi la plus grande, ressemblait à un salon, mais des rideaux dissimulaient l'un des murs.

C'étaient des rideaux roses, de la couleur des fleurs d'amandiers, brodés de magnolias. Quand on les tirait, on découvrait un grand *k'ang* recouvert d'un matelas de soie.

La seconde pièce, plus petite, paraissait plutôt

convenir à un homme. Elle était décorée d'une magnifique collection de jades verts qui, pour les Chinois, possèdent des vertus magiques.

– Nous serons heureux ici, dit tendrement Zivana.

Il dut faire un effort sur lui-même pour répondre fermement :

– Pour commencer, j'ai besoin de prendre un bain. Ensuite, nous pourrons penser à satisfaire notre faim.

Sur ces mots, il se tourna vers Yin qui s'éloigna aussitôt pour aller préparer le dîner. Quant à Stanton Ware, il se retira dans sa chambre.

Ils étaient en effet tous les deux très affamés, car ces deux dernier jours, ils ne s'étaient arrêtés dans aucun marché de village, par crainte de rencontrer des Boxers.

Ils n'avaient pu acheter qu'un peu de riz et quelques légumes à des paysans inquiets qui, redoutant ce qui allait se passer en ville, cachaient tous leurs vivres.

Stanton Ware et Zivana avaient chevauché pendant des heures chaque jour et, même si l'état des chevaux ne leur permettait pas d'aller très vite, le voyage avait été très fatigant à cause de la chaleur.

Aussi s'endormaient-ils chaque soir aussitôt couchés. Stanton Ware tenait Zivana dans ses bras, mais toujours aux aguets, il s'efforçait de ne pas penser à l'amour.

Comme elle, il avait le sentiment que le prêtre, avec toute sa clairvoyance, ne leur aurait jamais dit de reprendre leur route s'il n'avait été sûr qu'ils arriveraient à destination.

Pendant le voyage ses pensées allèrent souvent vers ce prêtre et, parfois, il sentait si fortement sa présence qu'il savait qu'au même moment il priait pour eux.

Une nuit, ils étaient étendus dans une grange, sur un tas d'herbe que le fermier avait dû ramasser comme fourrage pour ses chevaux. Il pensait à Zivana, s'inquiétant pour elle, quand il sentit la tête de la jeune fille remuer doucement contre son épaule.

Elle lui dit alors tendrement :

– Inutile de t'inquiéter, nous sommes entre les mains de Bouddha.

Il ne fut pas surpris de constater qu'elle avait deviné ses pensées; ils se comprenaient si bien que parfois ils pouvaient communiquer sans avoir besoin de prononcer un seul mot.

Dans ses paroles transparaissait une confiance sereine. Sans répondre, il l'embrassa tendrement et, presque aussitôt, elle s'endormit.

Dans sa chambre du pavillon des Lotus, Stanton Ware dit une prière d'action de grâces, remerciant Dieu de leur avoir permis de rentrer sains et saufs.

Zivana n'avait jamais perdu confiance, mais, quant à lui, il avait tout de même traversé des moments de terreur.

La beauté de sa compagne constituait un danger évident, et de plus ils risquaient d'être pris pour des Chinois convertis au christianisme.

Dans les provinces, les Boxers avaient tué des centaines de chrétiens. Il était difficile d'en évaluer le nombre et comme il n'y avait eu aucune protestation nationale, les membres des légations n'avaient pas pris ce problème au sérieux.

Les rapports étudiés par Stanton Ware montraient clairement que les Boxers étaient aussi violemment opposés aux Chinois chrétiens qu'aux étrangers.

Fort heureusement, la plupart des jeunes rebelles étaient si ignorants que, pour découvrir si un Chinois était chrétien ou non, ils se fiaient à la croix tracée sur le front.

C'est ainsi que bien des gens purent échapper à la mort, même si nombre d'entre eux furent tués, dénoncés par les villageois, ou simplement victimes de la brutalité des Boxers.

Mais désormais Zivana était en sécurité. Stanton Ware se sentait détendu, l'eau parfumée de son bain dissipait les angoisses qui l'avaient habité nuit et jour depuis leur départ du temple.

Il prit son temps et, quand il entra dans la chambre de Zivana, elle s'était déjà changée et l'attendait.

Elle était merveilleusement belle, dans une tunique rose tendre, de la même couleur que les rideaux tirés devant le *k'ang*. Des diamants et des saphirs jetaient leurs étincelles dans ses cheveux, autour de ses poignets et sur ses faux ongles.

Ceux-ci, ils le savaient tous les deux, méritaient bien, pour une fois, leur nom, puisqu'elle avait cassé ses ongles avant de se déguiser en coolie.

Stanton Ware s'arrêta pour la regarder. Pendant un moment, ils demeurèrent tous deux immobiles, incapables de faire un geste.

Les yeux dans les yeux, sans se toucher, ils se sentaient incroyablement proches, liés l'un à l'autre par l'amour.

Puis, quand enfin Zivana détachant son regard du sien, remarqua comment il était habillé, elle s'écria :

– Tu es prêt à sortir!

Stanton Ware, en effet, n'avait pas revêtu l'une

des robes de mandarin données par Tseng-Wen qu'il avait pourtant à sa disposition dans le pavillon des Lotus, comme les vêtements occidentaux laissés à Pékin.

Yin, revenu après avoir préparé le dîner, lui avait raconté comment, quand les serviteurs du prince s'étaient précipités à leur poursuite dans les montagnes, il avait simplement fait demi-tour avec la voiture à bagages en direction de Pékin.

– Tu as fait preuve d'une grande finesse, Yin, avait répondu Stanton Ware en souriant.

– Rien n'est perdu, sauf les vêtements que j'ai enterrés, avait ajouté Yin fièrement. Quand le calme sera revenu, j'irai les rechercher.

Cependant, Stanton Ware n'avait même pas voulu regarder ses costumes de mandarin et avait préféré endosser une simple robe de coton que lui avait procurée Yin.

C'était le genre de vêtement que l'on pouvait voir sur le dos d'un petit commerçant ou d'un employé et, dans cette tenue, il pouvait sortir dans les rues en étant sûr de passer inaperçu.

Il perçut un léger regret et aussi une certaine crainte dans la voix de Zivana. Il s'approcha d'elle et la prit tendrement dans ses bras.

– Je t'aime! Bientôt viendra le temps pour moi de te prouver toute la profondeur, toute l'ampleur de mon amour. Mais, comme tu le sais, il me faut d'abord accomplir mon devoir.

Elle poussa un léger soupir qui semblait venir des profondeurs de son être, avant de répondre de sa voix la plus douce :

– Je comprends cela, tu le sais bien.

Il lui baisa le front, puis ils s'écartèrent l'un de l'autre en entendant Yin franchir la passerelle. Il tenait dans les mains un plateau contenant leur repas.

Ils s'assirent sur un canapé recouvert de soie. Le dîner préparé par Yin leur parut d'autant plus délicieux qu'ils mouraient de faim.

Il y avait du poisson frais, accompagné de la sauce aigre-douce que Stanton Ware aimait tant, des petits oiseaux bien charnus, de fines tranches de porc, d'autres viandes, du poulet et, pour terminer ce repas, de l'exquise chair de tortue.

Ils mangèrent une heure durant, avant de se sentir rassasiés.

Enfin, Stanton Ware s'adossa contre ses coussins et, portant un verre de *samshu* à ses lèvres, déclara :

– J'ai l'impression de redescendre un peu plus sur terre.

Zivana se mit à rire.

– Moi aussi, mais je dois admettre que, toute la journée, mon esprit n'a cessé de vagabonder, rêvant à toutes sortes de nourritures, alors que j'aurais dû penser à des choses plus sérieuses.

– Je n'ai pensé qu'à toi; mais néanmoins, ma chérie, je reconnais que j'avais très faim.

Elle lui tendit la main.

– C'est tellement merveilleux d'être ici, dit-elle tendrement, surtout... avec toi.

Tout en serrant sa main dans la sienne, il lui demanda :

– Comment aimerais-tu te marier, mon amour? Comme une Chinoise, comme une Russe ou comme l'épouse d'un Anglais?

Elle demeura un instant comme saisie de stupeur, puis ses yeux s'illuminèrent de joie.

– Cela m'est... égal, du moment que je deviens... ta femme.

– C'est la réponse que j'espérais, répondit-il en se levant pour la prendre dans ses bras.

– Et maintenant, je vais faire aussi vite que possible, mon adorée, et quand je reviendrai, nous ferons les préparatifs de notre mariage pour demain. Ce sera une cérémonie très simple.

– La seule chose importante pour moi, c'est que tu sois là, dit Zivana.

– Il en est de même pour moi.

Sur ces mots il l'embrassa et ils eurent l'impression que le pavillon des Lotus se mettait à tournoyer autour d'eux.

Enfin il s'éloigna et prit garde de ne pas se retourner, sachant que la séparation lui serait encore plus pénible.

– J'ai du mal à me persuader que c'est bien vous, déclara Herbert Squiers, quand Stanton Ware vint s'asseoir à ses côtés dans la légation américaine.

– Vous avez reçu mon message?

– Dès que votre serviteur est venu m'apporter vos renseignements à propos des Boxers, j'ai fait pression sur mon ministre afin qu'il organise une réunion avec sir Claude Macdonald.

– Que s'est-il passé?

– Les légations étaient toutes retombées dans leur habituelle léthargie après l'arrivée d'un nouveau contingent de troupes le premier juin.

– Ces troupes sont arrivées ici? s'écria Stanton Ware.

Il savait qu'elles avaient été envoyées grâce au télégramme qu'il s'était empressé de transmettre au ministère des Affaires étrangères dès son arrivée.

Herbert Squiers hocha la tête affirmativement.

– Elles étaient composées de soixante-quinze Russes, d'autant d'Anglais et de Français, de cinquante marines américains, de quarante Italiens et de trente-cinq Japonais.

– C'est insuffisant, répliqua aussitôt Stanton Ware.

– Je m'en suis rendu compte quand j'ai reçu votre message et, devant l'insistance de mon ministre, sir Claude Macdonald a envoyé un télégramme à l'amiral sir Edward Seymour.

– Il devait se trouver sur le navire de guerre stationné à Taku?

– C'est exact. Le lendemain, près de deux mille hommes quittaient T'ien-tsin par le train et, à mi-chemin entre T'ien-tsin et Pékin, ils rencontrèrent les Boxers.

– Il y eut un affrontement?

– Les Boxers, en grand nombre, prirent les trains d'assaut. Ils s'imaginaient, par leurs incantations, être à l'abri des balles et des sabres étrangers.

– Ils en sont donc venus à croire en leurs propres supercheries! murmura Stanton Ware.

– Les troupes ouvrirent le feu et une cinquantaine de Boxers succombèrent, poursuivit Herbert Squiers. Les autres s'enfuirent, mais l'impératrice sait maintenant que des troupes de soldats étrangers s'approchent de la capitale.

– Les Boxers vont envahir la ville demain, déclara Stanton Ware.

– Et les troupes impériales feront tout leur possible pour empêcher sir Edward Seymour de venir à notre secours.

– C'est certain et je pense que vous ne pourrez plus sortir des légations, ajouta Stanton Ware.

Il songea à la vision qu'il avait eue dans le temple et dit :

– Comme vous le savez, la plus facile à défendre est la légation britannique; j'ai le sentiment que vous allez subir un siège, une fois tous retranchés à l'intérieur.

Herbert Squiers eut l'air surpris.

– Le plus important, conclut très calmement Stanton Ware, c'est que vous ayez suffisamment de ravitaillement.

– Vous avez entièrement raison. Même si sir Edward Seymour arrive avant le début du siège, ce serait une bien grande imprudence de notre part que de ne pas prendre toutes les précautions.

– Exactement!

Ce disant, Stanton Ware se leva pour prendre congé du Premier secrétaire.

– Savez-vous comment je pourrais entrer en contact avec un prêtre russe? demanda-t-il avant de partir.

– Je pense qu'en ce moment aucun n'ose s'aventurer hors de la légation. Ils sont bien trop reconnaissables avec leur longue barbe et leur robe noire. De nombreuses églises ont été incendiées aujourd'hui dans les faubourgs de la cité et je suis certain que, si les Boxers arrivent demain, les autres subiront le même sort.

Stanton Ware ne répondit pas.

En revenant à travers les rues encombrées, où l'inquiétude se lisait sur tous les visages, Stanton Ware songeait qu'il ne pourrait épouser Zivana aussi rapidement qu'il le souhaitait.

Inconsciemment, il lança intérieurement un appel à l'aide, comme toujours en cas d'urgence.

Il voulait qu'enfin Zivana lui appartienne, persuadé que, si elle devenait sa femme, il lui serait plus facile de la protéger.

Tout en continuant à marcher dans les rues, il apercevait souvent, sous les haillons ou les tuniques de coton, des morceaux de tissu rouge. Ces taches écarlates, ici et là, suffirent pour faire comprendre à Stanton Ware que beaucoup de Boxers n'avaient pas attendu les ordres du prince Tuan pour entrer dans la ville.

Bientôt une odeur de fumée lui parvint et il vit des hommes courir dans les ténèbres, des fagots sous le bras : ses soupçons se trouvaient confirmés.

Le pillage avait commencé.

Les locaux incendiés devaient être ceux des commerçants étrangers, mais il était si difficile de circonscrire un incendie que les Chinois eux-mêmes allaient en subir les conséquences.

Un homme déboucha d'une rue transversale et faillit le renverser. Il ployait sous le poids des objets qu'il portait dans ses bras.

Tandis que l'homme s'éloignait rapidement et disparaissait dans l'ombre, Stanton Ware sentit quelque chose sous son pied : il se baissa machinalement pour le ramasser.

La lumière de la rue était trop faible pour qu'il puisse voir nettement l'objet, mais d'après sa forme il devina que c'était l'emblème impérial du Dragon à Cinq Griffes, enserrant une perle.

A l'origine symbole de la pluie fécondatrice, il était devenu l'emblème de la famille impériale, visible dans tous les palais. Il représentait la Chine dans son combat pour s'emparer de la perle étincelante de toute connaissance et de toute énergie.

Celui-ci n'était qu'une très petite reproduction des énormes dragons qui décoraient les murs de la Cité Interdite et la plupart des bâtiments officiels.

Stanton Ware le glissa dans sa poche, et poursuivit son chemin en choisissant les allées et les rues les moins fréquentées, jusqu'à la maison de Tseng-Wen.

C'est alors qu'il entendit un cri perçant : juste devant lui, des hommes se battaient. Il se jeta sur le côté afin de les éviter et observa ce qui se passait : deux jeunes gens, sans aucun doute des Boxers, avaient jeté à terre un vieil homme.

Ils hurlaient : « Chrétien! Chrétien! », et d'autres injures dans le dialecte de la province de Shantung.

Alors, sans même penser à sa propre sécurité, il s'approcha et, une seconde plus tard, les jeunes gens, s'enfuyaient à toutes jambes.

Puis il aida l'homme à se relever. Celui-ci resta un moment sans connaissance, puis il gémit et dit en chinois avec un accent étranger :

– Merci pour votre gentillesse à l'égard d'un vieil homme.

Il était difficile de voir son visage, mais il semblait avoir du mal à respirer. Stanton Ware avait aperçu un éclair d'acier et était sûr que l'un des Boxers l'avait attaqué avec un couteau.

– Je demeure près d'ici, dit-il. Vous allez pouvoir vous reposer un peu.

Il frappa à la porte de service et, presque immédiatement, Yin vint leur ouvrir. Le serviteur regarda avec étonnement l'homme que Stanton portait dans ses bras.

– Les Boxers! dit brièvement Stanton.

Tandis qu'il aidait l'homme à entrer, Yin referma la porte à clé derrière eux et poussa les verrous.

On le fit asseoir dans la petite pièce à l'arrière de la maison et Stanton Ware remarqua alors que l'inconnu portait une longue barbe.

Il était vêtu d'une cape dont la capuche dissimulait son visage, mais quand celle-ci retomba, un simple coup d'œil aux pommettes saillantes et aux yeux sombres de l'homme suffit à Stanton Ware pour deviner qu'il s'agissait non seulement d'un prêtre, mais aussi d'un Russe!

Ainsi, l'appel à l'aide qu'il avait lancé en marchant à travers la ville avait été entendu.

Tout en essuyant le sang qui s'écoulait d'une coupure sur le visage du prêtre, il se dit que les puissances invoquées ne l'avaient encore jamais abandonné.

Après un verre de *samshu* le Russe fut capable de parler et il remercia chaleureusement son sauveur.

– Puis-je me permettre, mon père, dit alors Stanton Ware, de vous suggérer qu'il est tout à fait imprudent de sortir par les temps qui courent? Les Boxers se sont déjà infiltrés dans la cité, demain ils seront des milliers à envahir la ville pour brûler les églises, tuer les étrangers et tous les Chinois chrétiens qu'ils pourront trouver.

– Ils ont mis le feu à mon église aujourd'hui même, répondit le prêtre, mais j'ai caché tous mes compagnons et, parmi eux, un bon nombre de Chinois, dans une cave à proximité d'ici où ils sont en sécurité. Néanmoins, nous manquons d'argent et de vivres.

Il poussa un soupir.

– J'essayais justement d'atteindre la légation russe pour demander de l'aide, mais je me rends compte que nous aurions dû prévoir ces événements depuis longtemps et prendre les dispositions nécessaires.

– Vous n'êtes pas le seul à avoir fermé les yeux, répliqua Stanton Ware. Mais vous n'arriverez jamais à la légation, maintenant.

– Je m'en suis aperçu, dit le prêtre avec un faible sourire.

– Je vais vous donner de la nourriture et de

l'argent. Vous pourrez envoyer un Chinois acheter ce dont vous avez besoin, mais si vous tenez à la vie, ne sortez plus de la cave avant l'arrivée des troupes étrangères.

Le prêtre dévisagea Stanton Ware.

– Pourquoi nous aidez-vous?

– Peut-être parce que je suis chrétien.

Le prêtre parut se contenter de cette explication et, après un moment de silence, Stanton Ware ajouta :

– Avant que vous ne partiez, mon père, puis-je vous demander une faveur?

– Vous m'avez sauvé la vie, mon fils. Vous pouvez me demander tout ce que vous voulez.

– Je désire épouser une jeune personne qui a été baptisée selon les rites de votre Eglise, déclara calmement Stanton Ware.

– Ce sera un plaisir pour moi.

– J'aimerais auparavant me laver et me changer, dit Stanton Ware en se tournant vers Yin. Je te prie d'amener ce saint homme chez ta maîtresse; tu lui expliqueras que notre mariage va être célébré immédiatement.

– C'est une bonne nouvelle, monsieur, une très bonne nouvelle! s'écria Yin tout joyeux.

Stanton Ware se hâta vers le pavillon des Lotus. En franchissant la passerelle, il vit que la chambre de Zivana était éclairée : elle l'attendait.

Mais il ne voulait pas aller la voir tout de suite dans ces vêtements de miséreux. En outre, il se sentait sale après ce bain de foule et surtout après l'échauffourée avec les Boxers.

Il prit un certain temps pour se laver, puis resta un moment indécis quant aux vêtements qu'il allait mettre. Il venait de se décider pour ses propres vêtements, quand Yin apparut avec une robe sous le bras.

– Voici un costume de mariage chinois, très honoré. C'est celui que portait Tseng-Wen le jour de ses noces et je sais qu'il serait heureux de vous l'offrir pour épouser la jeune personne qui est si chère à son cœur.

Stanton Ware savait qu'il disait vrai. De plus, cette robe lui plaisait beaucoup, avec ses délicates broderies et ses emblèmes de chance et de félicité.

– Peut-être vaut-il mieux que le prêtre ignore que je ne suis pas chinois, dit-il tout haut comme s'il se parlait à lui-même.

– Un risque inutile est trop souvent un couteau à double tranchant, dit Yin.

– Cela est bien vrai. As-tu annoncé la nouvelle à ta maîtresse?

– Elle est très heureuse, répondit Yin en souriant, et elle s'occupe de tous les préparatifs, malgré le peu de temps dont vous disposez.

Quand Stanton Ware, somptueusement paré du costume de mariage mandchou, pénétra dans la chambre de Zivana, il comprit en quoi consistaient ces préparatifs.

Un peu partout des bougies éclairaient de leur flamme vacillante les murs sculptés du pavillon et Yin avait rapporté du jardin de grandes brassées de lis qui embaumaient l'atmosphère.

Sur l'eau des canaux, parmi les lotus, flottaient les petites barques miniatures porte-bonheur, que les Chinois allument dans les grandes occasions. Des bougies attachées à d'étroits morceaux de bambou voguaient dans l'ombre, telles des prières.

Ce spectacle était merveilleux, mais quand Stanton Ware regarda Zivana, il eut le souffle coupé.

Elle aussi s'était changée; elle avait revêtu une robe blanche, brodée de papillons dont les ailes étaient incrustées de pierres précieuses.

Sa chevelure était parsemée de perles, de diamants, et un long collier de perles descendait jusqu'à sa taille.

Dans son visage si fin, ses yeux sombres semblaient immenses, exprimant le bonheur, et le merveilleux mystère de l'éternité.

Quand il s'approcha d'elle, elle lui tendit la main et, côte à côte, ils s'avancèrent vers le prêtre qui les attendait à l'autre extrémité de la pièce.

Ils s'agenouillèrent devant lui. Il les maria en russe, selon les rites de l'Eglise orthodoxe de Russie.

Les prières étaient celles que Stanton Ware avait apprises dans sa jeunesse et, quand ils prononcèrent les vœux, il se dit que les mots étaient les mêmes dans toutes les langues, quand deux êtres se donnent l'un à l'autre devant Dieu.

Stanton Ware n'avait pas d'anneau, et ce fut Zivana qui lui offrit l'une de ses bagues, d'un jade très pur.

Il la glissa au doigt de sa jeune épouse en songeant que le cercle de cet anneau était le symbole de leur vie et de leur amour présent et éternel.

Le prêtre leur donna sa bénédiction et, quand Stanton Ware sentit la main de Zivana serrer plus fort la sienne, il eut l'impression que leurs deux âmes s'envolaient ensemble, libérées de leurs corps, vers l'infini espace divin.

Dorénavant, leur amour les protégerait au milieu des difficultés et des épreuves, et ils n'avaient plus besoin d'avoir peur.

Quand ils se relevèrent, le prêtre s'éloigna,

comme par respect du caractère sacré de cet instant. Yin l'accompagna. Ils franchirent la passerelle, ils traversèrent la cour et entrèrent dans la maison, où étaient préparés la nourriture et l'argent promis.

Après leur départ, dans le pavillon silencieux et plein de béatitude, Zivana se tourna vers Stanton Ware, resté debout à ses côtés.

– Tu es ma femme, dit-il, d'une voix pleine d'émerveillement, comme s'il avait du mal à y croire.

– Et toi, tu es mon mari, répondit-elle tendrement.

– Je t'aime car tu es ma femme, je te respecte car tu es sacrée pour moi et je te vénère car tu es de ces êtres qui n'appartiennent pas seulement à ce monde, mais aussi au monde divin.

Il avait parlé lentement, d'une voix chargée d'émotion.

Puis il eut l'impression que les yeux de Zivana se remplissaient de larmes. Elle se mit à genoux devant lui, inclinant la tête jusqu'au sol.

– Non, pas ça! s'écria-t-il et il se baissa pour la relever et la prendre dans ses bras.

– J'exprime ainsi tout ce que je ressens pour toi, dit-elle. Tu es un homme si merveilleux... si extraordinaire que je me sens humble comme toute Chinoise devant son... maître.

– Ma précieuse, ridicule, petite chérie, dit-il d'une voix enrouée par l'émotion.

Le charme qui les avait maintenus à distance l'un de l'autre se brisa et leurs lèvres se rencontrèrent. Il l'embrassa longuement et ses baisers étaient pleins de désir, comme s'il voulait aspirer tout son être entre ses lèvres.

– Je t'aime! murmura Zivana. Je t'aime tant que

j'ai peur que tout ceci ne soit qu'un rêve et qu'au réveil je ne m'aperçoive que nous sommes encore loin de Pékin.

– Ce n'est pas un rêve et pourtant tu me sembles irréelle! Pour moi, tu incarnes la perfection même de l'art chinois dans toute sa profondeur, tu possèdes les vertus magiques du jade et la transparence de la porcelaine.

Il l'embrassa de nouveau.

– Nous avons été mariés comme des Russes, dit Zivana.

– C'est une partie de toi-même que je compte bien découvrir plus tard.

Il sentit qu'un léger tremblement l'agitait et il sut que sa passion se transmettait à sa voix.

– Mais en vérité je suis anglaise, l'épouse d'un Anglais.

– Le regrettes-tu?

– Jamais! Oh non, jamais! s'écria-t-elle. J'en suis fière et heureuse. La seule pensée de t'appartenir m'émerveille et je retire tout ce que j'ai pu dire au sujet des Anglais, car si tes compatriotes te ressemblent, alors c'est sans nul doute le plus beau, le plus merveilleux pays du monde!

Stanton Ware se mit à rire.

– La seule chose que je regrette en cette nuit de noces, ma chérie, c'est de n'avoir rien à t'offrir; même l'anneau que j'ai passé à ton doigt t'appartenait déjà.

– Quelle importance? répondit-elle tendrement.

– Aucune, bien sûr! Mais attends un peu – je viens de me rappeler quelque chose!

Il mit la main dans sa poche et en retira le petit emblème du dragon qu'il avait trouvé dans la rue. En le regardant à la lumière, il s'était rendu compte que c'était un objet de très grande valeur.

Les Boxers avaient dû piller les plus riches quartiers de Pékin où les fourreurs, les antiquaires, les joailliers et les marchands de soie tiennent boutique.

Cet emblème impérial ramassé dans la boue était en émail cloisonné, la gueule du dragon était en or, comme ses cinq griffes et son pied levé.

En le montrant à Zivana, Stanton Ware constata que la perle étincelante de la connaissance et de l'énergie était d'un doux rose translucide et que sa forme était parfaite. C'était bien la plus belle perle qu'il ait jamais vue en Chine.

– Où l'as-tu trouvé? demanda Zivana.

– Par terre, dans la rue.

– Il a été volé?

– Sans doute. Peut-être vient-il de la boutique d'un riche joaillier, ou d'une collection particulière. De toute manière, il nous est impossible de le rendre à son propriétaire.

– Ainsi, tu m'en fais cadeau?

– C'est mon cadeau de mariage, dit-il en souriant.

– Rien ne pouvait mieux convenir.

Il la regarda et comprit ce qu'elle voulait dire.

– C'est vrai; tu es la perle fine et moi le dragon qui te tient dans ses bras, qui te défendra et te protégera de tout danger.

– C'est exactement ce que je pensais. Je crois que ce n'est pas un hasard si tu as trouvé cet emblème cette nuit justement.

– Ma précieuse, parfaite petite perle...

Stanton Ware l'enlaça et, une à une, retira les épingles qui retenaient sa chevelure, les laissant tomber sur le divan. Puis il enfouit son visage dans les longs cheveux noirs de Zivana qui se répandaient sur ses épaules, presque jusqu'à sa taille.

– J'ai tant attendu ce moment, dit-il d'une voix brisée par l'émotion... depuis notre premier baiser dans la statue de Bouddha.

Elle avait du mal à parler car ces souvenirs l'avaient émue, elle aussi.

– Pourquoi n'as-tu pas... donné libre cours à ton désir auparavant?

– Il me fallait sans cesse réfréner mes instincts, car je ne voulais pas perdre mon sang-froid. Mais cela fut très dur, mon amour : tu es si belle!

Il poursuivit, d'une voix de plus en plus émue :

– Quand je te vois, je me sens porté aux nues; mais je souffre aussi, tant mon corps brûle de désir.

De nouveau il baisa ses cheveux, leur douceur soyeuse caressait ses lèvres.

– J'ai eu si peur de t'effrayer, ajouta-t-il, ou que tu puisses croire que je tirais avantage de la situation. Mais, ce soir, tu es mienne et je peux te faire l'amour comme j'ai tant désiré le faire.

– Et comme... je l'ai... désiré, murmura Zivana.

Alors Stanton Ware l'embrassa plus sauvagement, plus passionnément.

Il avait réellement l'impression d'être un dragon tenant tout contre lui une perle inestimable et défiant le monde de la lui prendre.

Zivana se mit à trembler et il sut qu'il avait éveillé en elle un désir aussi violent que le sien. La jeune fille pressa sa bouche contre la sienne et son corps contre le sien.

Il la souleva et la porta sur son cœur jusqu'au *k'ang*.

Là, il tira les rideaux et coucha Zivana sur le doux matelas de soie; sa chevelure se répandit en vagues sur les oreillers.

Il la contempla un moment en silence, immobile, avant de lui dire :

– Quand tu es venue me trouver dans le palais du prince, tu l'as fait en toute humilité, comme doivent agir les Chinoises avec les hommes : arrivée au pied du lit, tu t'es approchée très lentement.

Il ne lui laissa pas le temps de répondre et reprit :

– Ce soir, mon amour, je désire t'approcher de la même manière et mes baisers iront tout d'abord à tes adorables petits pieds. Je sais combien ils ont souffert pendant cette marche forcée, mais jamais tu ne t'es plainte et je t'ai aimée pour cela.

Tout en parlant, il se baissa et, l'un après l'autre, baisa ses petits orteils, puis la cambrure de ses pieds.

La peau de Zivana était douce comme les pétales des fleurs de lotus qui flottaient sur l'eau autour du pavillon.

Il se déshabilla et, quand il s'allongea sur le *k'ang*, Zivana, qui tendait ses lèvres vers les siennes, mit ses bras autour de son cou pour l'attirer plus près d'elle.

D'une main caressante il rejeta ses cheveux en arrière pour découvrir ses petites oreilles et, l'une après l'autre, les embrassa longuement jusqu'à ce que le souffle de Zivana devienne plus précipité.

Affolée par le désir, elle tendait de nouveau sa bouche vers la sienne, mais il lui baisa le front et laissa courir ses lèvres le long des sourcils arqués qui gardaient si joliment le mystère de ses yeux sombres.

– Tu es si merveilleuse, murmura-t-il, et cependant tu m'appartiens. (Son regard plongea dans le sien et il ajouta :) Je serai jaloux de l'air que tu respires, des oiseaux que tu écoutes chanter, des fleurs que tu caresses. Tu es mienne, entièrement, absolument mienne et je ne te partagerai avec rien ni personne!

– Il n'y a... rien d'autre au monde que... toi, dit-elle en essayant d'attirer son visage contre le sien, cependant que son corps se cambrait de désir.

Mais lui évitait encore ses lèvres, dévorant de baisers son nez délicat, l'ovale du menton et les commissures de sa bouche.

Zivana tremblait maintenant de tout son corps et le serrait de plus en plus fort dans ses bras.

Enfin, il prit sa bouche.

Quand leurs lèvres se joignirent, ils furent emportés de nouveau dans un émerveillement, dans une extase d'une violence presque insoutenable.

Cependant, si Stanton Ware était un homme qui savait aimer avec toute la spiritualité, toute la sensibilité d'un esprit supérieur, il possédait aussi cette sensualité, cette passion physique en quoi résident l'énergie et la source de toute vie.

Il savait, en enlaçant Zivana pendant que leurs corps s'unissaient, qu'il avait rencontré l'idéal merveilleux qu'il avait cherché toute sa vie.

Ce joyau, qui pour la plupart des humains demeure à jamais inaccessible, et qui est l'amour suprême et divin.

Le matin arriva, avec le chant des oiseaux, l'éclat doré du soleil sur les canaux et le parfum de lis mêlé à celui des fleurs du jardin.

Encore à moitié endormi, Stanton Ware tenait Zivana dans ses bras et son bonheur lui paraissait irréel.

Il n'avait pas bougé, mais elle dut sentir qu'il était réveillé, car elle murmura :

– Es-tu heureux?

– C'est la question que j'allais te poser, ma chérie.

– Je n'aurais jamais cru un tel bonheur possible et, qu'un homme puisse être aussi merveilleux... si fort et si tendre à la fois.

– Tu es parfaite, dit-il pour la millième fois depuis la nuit qu'ils venaient de vivre ensemble.

Elle se glissa hors de ses bras pour descendre du *k'ang*, enfila une robe, en soulevant sa sombre chevelure d'un geste plein de grâce.

– Le jour s'est levé, s'écria-t-elle, comme surprise.

– La nuit a-t-elle été trop longue ou trop courte? demanda Stanton Ware sans la quitter des yeux.

– Beaucoup, beaucoup trop courte. Elle nous a emportés dans sa course et voici qu'un autre jour commence : hier est passé à jamais.

– Voudrais-tu qu'il revienne? demanda-t-il.

– Hier, ou plutôt la nuit dernière a été si parfaite que je désirerais la garder serrée dans mes mains et ne pas laisser s'échapper cet émerveillement.

– Un grand nombre d'autres jours et d'autres nuits semblables nous attendent; des milliers où nous serons ensemble.

– Je le sais, chaque journée, chaque nuit sera plus précieuse, plus belle que la précédente.

Elle lui souriait, quand ils entendirent les pas feutrés de Yin qui approchait du pavillon.

Stanton Ware descendit à son tour du *k'ang*.

– Je viens vous apporter une nouvelle, maîtresse, dit Yin en saluant Zivana.

– Que se passe-t-il? demanda-t-elle d'une voix pleine d'appréhension.

– Les Boxers sont entrés dans la ville. Ils sont

partout et ont commencé à mettre le feu aux églises et aux concessions étrangères.

Zivana fit quelques pas vers Stanton Ware, comme pour chercher une protection, et il la prit dans ses bras.

– Deux églises catholiques ont été incendiées, reprit Yin, ainsi que la mission presbytérienne américaine et bien d'autres.

– Et la population? demanda Stanton Ware.

– Tout le monde a peur. Les Boxers font un énorme tapage et menacent de tuer tous les Chinois qui tenteraient de s'opposer à eux. De plus ils assassinent tous ceux qu'ils soupçonnent d'être chrétiens.

– Et que se passe-t-il dans la Cité Interdite?

– Il est difficile, monsieur, de le savoir exactement, mais il semblerait, d'après les rumeurs, que l'impératrice ait envoyé l'armée près des lignes de chemin de fer afin de freiner l'avance des troupes étrangères.

– La guerre est donc inévitable! dit calmement Stanton Ware.

Zivana poussa un petit cri de frayeur.

– Est-ce que rien ne peut les arrêter?

– Je crains fort que non.

Un peu plus tard, malgré les tentatives de Zivana pour l'en empêcher, Stanton Ware insista pour aller voir ce qui se passait.

Il était trop risqué d'essayer de s'approcher de la légation américaine ou britannique. Le mieux, pour lui, était d'aller se renseigner auprès de Délice d'Amour qui devait être au courant de tous les événements.

Il revêtit donc une fois de plus ses vêtements d'homme du peuple qui lui permettaient de passer inaperçu dans la rue et se dirigea vers la Maison des Mille Plaisirs.

Comme le leur avait dit Yin, les rucs étaient remplies de Boxers hurlant, paradant devant la foule, cherchant à démasquer les étrangers et les chrétiens.

Fort heureusement, malgré sa haute taille, Stanton Ware était très habilement déguisé et il se rappela ce que l'un de ses maîtres lui avait dit un jour :

– Lorsque tu veux passer inaperçu, pense que tu es invisible. Les pensées n'ont pas moins d'importance que les vêtements, car elles créent autour de toi une atmosphère perceptible par les autres.

Aussi, s'imaginant être invisible, réussit-il à traverser sans encombre les plus gros attroupements et atteignit enfin la rue des Fleurs et la Maison des Mille Plaisirs.

Il entra et, après avoir demandé à voir Délice d'Amour, fut conduit à ses appartements.

– Etes-vous devenu fou? s'écria-t-elle dès qu'ils furent seuls. Vous traversez Pékin quand le moindre soupçon sur votre nationalité pourrait vous coûter la vie!

– Je ne risque rien, répliqua Stanton Ware. Et j'ai besoin de votre aide, car je n'arrive pas à savoir exactement ce qui se passe.

En le regardant, elle dit à voix basse :

– Le prince Tuan était ici hier soir.

– Qu'avez-vous pu apprendre?

– Il avait beaucoup bu et se vantait de ses projets.

– Quels sont-ils?

Délice d'Amour se rapprocha de lui.

– Je n'étais pas sûre que Heures Exquises, avec qui il a passé la soirée, me répéterait tous ses propos, aussi ai-je écouté moi-même : il souhaite un affrontement entre votre peuple et le nôtre.

– C'est bien ce que je pensais. Mais, enfin, l'impératrice n'est tout de même pas stupide au point de croire que la Chine peut vaincre avec une armée impériale aussi faible – sans parler de ces Boxers, des gueux, et le plus souvent sans armes?

Délice d'Amour jeta un coup d'œil par-dessus son épaule, comme si elle avait peur de parler. Puis elle dit d'une voix presque imperceptible :

– Le prince craint que les pillages et le terrorisme exercés par les Boxers ne déplaisent trop à l'impératrice.

– Cela ne me paraît pas impossible, fit sèchement Stanton Ware, songeant aux édifices incendiés.

– C'est pourquoi il prépare une lettre, soi-disant écrite par les grandes puissances, pour exiger que toutes les forces militaires et tous les capitaux chinois soient mis à leur disposition.

– Ce n'est pas possible! s'écria Stanton Ware. L'impératrice ne croira jamais à de telles absurdités?

– Le prince Tuan est rusé. Il sait très bien comment manipuler l'impératrice.

Stanton Ware demeura silencieux; il devina que Délice d'Amour allait lui révéler le point le plus important du complot.

– Dans cette lettre, sera également exigée la restitution du pouvoir à l'empereur, ainsi qu'une résidence lui appartenant en propre.

Stanton Ware comprit que cette lettre risquait d'être véritablement de la dynamite.

L'impératrice douairière avait réduit son neveu à la soumission; il n'était plus rien qu'un prisonnier dans le palais de l'Océan.

Elle avait poussé l'humiliation jusqu'à l'obliger à

assister aux Conseils qu'elle présidait, où il n'avait le droit ni de parler, ni d'exprimer aucune opinion.

Elle n'ignorait pas que si les grandes puissances venaient à le soutenir effectivement, son ascendant sur lui et sur le pays tout entier s'effondrerait.

Les Chinois avaient toujours préféré être dirigés par un homme et se sentaient humiliés par l'autorité qu'exerçait sur eux l'impératrice douairière.

C'était donc une ruse fort habile de la part du prince Tuan.

Inutile de dire qu'à aucun moment l'impératrice ne se douterait qu'il s'agissait d'un coup monté. Elle n'aurait pas le bon sens de comprendre que les grandes puissances n'avaient aucun désir de s'ingérer dans les affaires chinoises : leur unique intérêt résidait dans la poursuite des échanges commerciaux.

Mais l'impératrice n'était ni équilibrée, ni raisonnable. C'était en réalité une sorte d'amazone sans éducation, obstinée, qui avait pris le pouvoir par le meurtre et les plus inimaginables et ignobles intrigues.

Peut-être détestait-elle vraiment les étrangers, leur emprise sur le pays; mais surtout elle était prête à lutter jusqu'à la mort pour conserver sa propre suprématie.

Jamais, Stanton Ware le savait, jamais elle ne se résignerait à un rôle de subordonnée par rapport à son neveu l'empereur.

– Que pouvons-nous faire? demanda-t-il d'un ton désespéré.

Délice d'Amour fit un petit geste d'impuissance.

– Le prince Tuan réussira, comme il l'a toujours fait.

7

A son réveil, Stanton Ware se retrouva seul sur le *k'ang*. Il parcourut la chambre du regard et aperçut en contre-jour la silhouette de Zivana. Elle semblait en contemplation devant les fleurs de lotus, toutes épanouies maintenant.

Il était encore tôt, mais déjà il faisait très chaud.

On pouvait faire coulisser l'une des cloisons du pavillon. Ainsi, tout en restant dans la pièce, on bénéficiait de l'air du dehors.

Stanton Ware, plein d'amour, contemplait l'extraordinaire beauté de sa femme. Celle-ci dut sentir son regard dans son dos, car elle se retourna.

Quand elle vit qu'il était réveillé, elle traversa la pièce en courant et s'agenouilla au pied du *k'ang* en le regardant.

Ses cheveux étaient répandus sur ses épaules. Elle lui semblait devenir plus belle de jour en jour depuis leur mariage, de plus en plus divine et il la dévisageait, émerveillé.

– Tu ne m'as pas réveillée la nuit dernière, dit-elle sur un ton de reproche.

– Tu dormais profondément et tu avais l'air si

heureuse pendant que tu rêvais de moi, que je n'ai pas eu le cœur de te troubler.

– Comment sais-tu que je rêvais de toi?

– De qui d'autre alors?

Il s'attendait à la voir sourire, mais elle répondit tristement :

– Je t'ai attendu si longtemps. Es-tu rentré tard?

– Très tard! Yin et moi avons dû attendre longtemps qu'un groupe de Boxers disparaisse, pour pouvoir aller porter des vivres dans la cave près de la Porte du Sud.

Zivana frémit.

Elle ne cessait d'avoir peur quand, presque chaque nuit, Stanton et Yin quittaient la maison sous un déguisement pour aller porter du ravitaillement aux chrétiens qui se terraient un peu partout dans la ville.

Elle savait que, sans le secours de Stanton, la plupart des enfants et un bon nombre de femmes seraient morts, car les Boxers occupaient Pékin depuis deux mois.

Comme s'il devinait ses pensées, Stanton Ware déclara :

– C'est vrai; ils sont entrés sur l'ordre du prince Tuan le 13 juin et nous sommes aujourd'hui le 13 août.

Cependant ces dernières semaines avaient été les plus belles de sa vie. Il n'aurait jamais cru pouvoir être aussi heureux, aussi follement, aussi éperdument amoureux.

Tout en Zivana le fascinait; non seulement sa beauté, mais aussi son intelligence qu'il trouvait supérieure à celle de toutes les femmes qu'il avait connues.

Elle avait intensément réfléchi, étudié tant en

russe qu'en chinois, et possédait presque autant de connaissances que lui quant à la philosophie des deux pays.

Cette conscience spirituelle qu'elle avait s'accordait merveilleusement à sa propre perception du monde.

Jamais il n'aurait pu aimer une femme dépourvue de cette qualité; ainsi, ensemble, ils pourraient s'aider à approcher de la source divine de la suprême connaissance.

Néanmoins, il se sentait coupable de cet immense bonheur quand tant de gens souffraient autour d'eux et il poussa un soupir.

– Cela fait huit semaines que le siège de la légation britannique a commencé.

Il en parlait souvent et Zivana, qui savait combien cela l'attristait, lui demanda d'une voix émue :

– Etait-ce très... dangereux pour toi la nuit dernière?

– Pas plus que d'habitude. Nous avons simplement dû attendre longtemps, ce qui était extrêmement ennuyeux.

– Et moi je... t'attendais.

– Je le savais.

– Cependant, tu n'es pas allé directement à la Porte du Sud?

– Non. J'ai d'abord rendu visite à Délice d'Amour, avant de revenir prendre le ravitaillement avec Yin.

– Encore?

Dans la voix de Zivana, perçait une très légère note d'amertume.

Elle avait détourné les yeux et regardait droit devant elle dans le jardin; son petit nez droit et ses lèvres douces se détachaient sur le rose tendre des rideaux.

– Pourquoi dis-tu cela sur ce ton? lui demanda Stanton. Tu sais aussi bien que moi que Délice d'Amour est la femme la mieux informée de tout... (Il s'arrêta brusquement et, d'un ton amusé, reprit :) Tu n'es tout de même pas jalouse, mon amour?

Zivana ne répondit pas.

– Viens ici! Je vais t'expliquer que tu n'as aucune raison d'ètre jalouse.

Comme Zivana demeurait immobile, il lui tendit la main.

– Viens près de moi, Zivana!

Elle ne répondit toujours pas.

– Une femme chinoise doit toujours obéir à son seigneur et maître!

– Je ne suis pas une... Chinoise, répliqua-t-elle furieusement. Je suis une Anglaise... têtue et rancunière!

Stanton Ware éclata de rire et, avant qu'elle ait pu l'en empêcher, il lui saisit le bras pour l'obliger à s'asseoir à côté de lui. Sa tête se renversa sur l'oreiller et il ouvrit sa robe pour couvrir de baisers ses blanches épaules, les pointes roses de ses seins et la peau douce de son cou.

A demi sérieusement, elle tenta de rester immobile et indifférente. Puis, comme il éveillait le feu de la passion qui couvait en elle, elle l'entoura de ses deux bras.

– Et maintenant je suis russe, murmura-t-elle, très... très... russe!

– Et moi je suis un dragon, répondit Stanton; et tu ne peux pas t'échapper car je te tiens bien, ma perle fine, ma belle captive.

Leurs lèvres se rencontrèrent et, de nouveau la toute-puissance de leur amour les enveloppa, tandis que leurs deux cœurs battaient à l'unisson.

Plus tard, beaucoup plus tard, Stanton Ware dit à Zivana qui était toujours dans ses bras :

– J'ai une bonne nouvelle à t'annoncer.

Elle le regarda, les paupières encore lourdes de passion et entrouvrit ses lèvres qui avaient gardé la chaleur de ses baisers.

– Une bonne nouvelle?

– Oui. Hier, on a entendu dans le lointain des salves de canons Maxim.

– Des canons Maxim?

– Les canons utilisés par nos troupes.

Zivana poussa un petit cri de joie.

Puis elle se serra avec passion dans les bras de Stanton comme si aucun mot ne pouvait exprimer ses sentiments.

On était maintenant au plus fort de l'été et le vent brûlant qui venait des déserts de Mongolie soufflait sur Pékin.

Pour la première fois, l'impératrice ne pouvait se réfugier sous les brises rafraîchissantes et auprès des bassins de son luxueux palais d'Eté; elle était obligée, comme les plus pauvres de ses sujets, de supporter la chaleur étouffante de Pékin.

Dans la demeure de Tseng-Wen, la chaleur était néanmoins beaucoup plus supportable qu'ailleurs.

Chaque fois que Stanton revenait de l'une de ses expéditions, la fraîche humidité de l'air était pour lui comme un verre d'eau pour un homme assoiffé.

Cette fraîcheur du jardin était le résultat des soins incessants des nouveaux serviteurs amenés par Yin.

Ils passaient leur temps à arroser les cours, les fleurs et à entretenir les fontaines qui jaillissaient toujours aussi haut dans le ciel.

Dans les jardins de ceux qui avaient fui la ville, on ne voyait plus que des plaques d'herbe brûlée et des pétales fanés.

Zivana vivait donc environnée de verdure, de fraîcheur, de parfums, et dans le pavillon des Lotus, les nuits étaient fraîches et comme embaumées par un millier de roses.

Les nouveaux serviteurs étaient des parents de Yin qui se cachaient des Boxers, car l'un de leurs fils avait fréquenté une école chrétienne.

La cruauté et la brutalité des Boxers à l'égard des Chinois chrétiens surpassait encore leur haine envers les étrangers.

Ils s'étaient emparés de la cité de telle manière que les citoyens chinois eux-mêmes avaient l'impression d'être un peuple conquis.

Brandissant leurs armes délabrées, ils sillonnaient avec insolence la ville, brûlant, assassinant et semant la terreur sur leur passage. Le prince Tuan lui-même ne pouvait plus les maîtriser.

Des bannières en lambeaux, écarlates, bleues et or, brodées d'emblèmes, flottaient au-dessus des dizaines de milliers de soldats amassés devant les légations terrifiées.

Le moindre sanctuaire chrétien avait été réduit en cendres, à l'exception de la cathédrale du nord, où, avec un courage incroyable, l'évêque de Pékin, avec 22 religieuses, 3400 convertis et 800 enfants, soutenait toujours le siège.

Stanton Ware ne pouvait les aider, mais avec l'aide des parents de Yin et de Délice d'Amour, il s'arrangeait pour ravitailler des centaines de petits groupes de réfugiés.

C'étaient des missionnaires, des Chinois convertis et des étrangers, qui se cachaient dans toutes sortes d'endroits insolites où ils ne risquaient pas d'être dénichés par les Boxers.

Quand il se retrouva à court d'argent, Stanton Ware apprit avec surprise que Zivana était une riche héritière. Mais il était impossible de se servir de son argent sans courir le risque de révéler sa présence dans la cité.

Le conflit sévissait non seulement entre l'armée et les légations, mais aussi entre Chinois et il était primordial que l'on continue d'ignorer leur présence.

Yin résolut le problème en envoyant l'un de ses frères voir Tseng-Wen. Dès son retour, Stanton Ware avait tout ce dont il avait besoin.

Tseng-Wen avait de nombreux amis sûrs parmi les commerçants. Il fut désormais facile d'acheter le riz et les céréales nécessaires, qu'ils transportaient directement des entrepôts jusqu'aux malheureux assiégés.

Comme il l'avait prévu, les membres de toutes les communautés s'étaient retranchés dans la légation britannique, la plus protégée et la plus facile à défendre.

Si la situation n'avait pas été aussi grave, Stanton Ware aurait bien ri de la stupidité de sir Claude Macdonald.

Quand, au début du mois d'août, le premier contingent des troupes commandées par l'amiral sir Edward Seymour avait, pendant quelques jours, été refoulé vers la mer, l'impératrice douairière, convaincue par le faux document du prince Tuan que les étrangers voulaient lui retirer le pouvoir, avait donné aux légations un délai de vingt-quatre heures pour quitter Pékin.

Devant cet ultimatum, une violente querelle éclata entre les différents ministres.

Sir Claude Macdonald, en se tortillant les moustaches, avait affirmé qu'il fallait obéir à l'impératrice, abandonner toutes les relations avec la Chine et partir sur-le-champ.

Stanton Ware qui, la nuit tombée, avait réussi à s'introduire dans la légation, avait bien sûr protesté violemment, ainsi que le correspondant du *Times*.

– Si vous quittez Pékin demain, déclarèrent-ils à sir Claude, vous serez responsable de la mort des hommes, femmes et enfants de cet immense convoi sans protection; votre nom restera dans l'histoire comme celui du plus terrible, du plus misérable lâche que la terre ait connu.

Mais, en dépit de la force de leurs arguments, sir Claude et la plupart des autres ministres refusaient toujours de les écouter.

Le seul qui se rangea à leur point de vue et admit qu'il serait impardonnable d'abandonner les Chinois chrétiens, fut le ministre allemand, le baron von Kestler.

C'était un homme haut en couleur, émotif, au tempérament coléreux, qui, quelques jours auparavant, avait attrapé un jeune Boxer devant les légations et l'avait presque battu à mort avec sa canne.

Il décida d'aller en personne parler aux membres du Conseil de l'impératrice douairière et partit dans sa chaise à porteurs pour la Cité Interdite.

En chemin, il fut tué à bout portant, si bien que même sir Claude fut obligé d'admettre qu'ils ne pouvaient plus espérer sortir de la ville sains et saufs.

Quand l'ultimatum arriva à expiration, l'armée chinoise tira la première salve sur la légation et le siège commença.

Le 24 juin, l'impératrice céda entièrement aux

exigences du prince Tuan et reconnut officiellement que les trente mille Boxers alors dans la capitale étaient des soldats de l'Empire.

Elle promulga un édit plein de louanges à leur égard, qui les encourageait à « repousser l'agression et à prouver leur loyauté jusqu'au bout ».

Elle fut moins satisfaite quand le prince Tuan, enhardi par sa complaisance, pénétra de force dans la Cité Interdite avec un certain nombre de Boxers.

Il prétendit que certains serviteurs personnels de l'impératrice étaient des chrétiens clandestins et, que si un Boxer les frappait au front, une croix apparaîtrait.

C'est pourquoi, avec ses partisans, il se mit aussitôt à frapper les eunuques et les servantes qui s'enfuirent en hurlant.

Ils ne découvrirent aucune croix, mais Délice d'Amour apprit que l'impératrice avait été profondément perturbée par cet incident.

Enfin, dans les premiers jours d'août, on apprit à Pékin qu'un important renfort de troupes alliées avait libéré T'ien-Tsin et progressait en direction de la Cité Impériale.

En face de l'armée chinoise qui comptait vingt-cinq mille hommes, il y avait donc dix-huit mille soldats comprenant des troupes russes, britanniques, américaines, japonaises et françaises, toutes équipées d'un armement moderne.

Cependant, comme les nouvelles parvenaient difficilement à Pékin, la légation britannique continua sa lutte pour repousser ses attaquants.

Les barricades faisaient penser à un carnaval : elles étaient faites de sacs de sable empilés, que les femmes cousaient dans des taies d'oreillers, des pyjamas de soie, des rideaux damassés et les plus beaux brocarts chinois.

Les chrétiens chinois, quant à eux, étaient toujours aux premières lignes du combat et firent preuve, comme chacun put en témoigner, d'un courage extrême.

Stanton ne pouvait plus avoir aucun contact avec la légation, mais il était satisfait d'avoir persuadé Herbert Squiers de se constituer une importante réserve de vivres. Il avait appris par les commerçants qui le fournissaient, que le Premier secrétaire avait acheté de grandes quantités de nourriture.

« Des charrettes pleines de riz et autres aliments, lui avait dit l'un des commerçants. Ont dû payer beaucoup d'argent, mais maintenant impossible à personne d'avoir faim. »

Ce n'était pas tout à fait vrai. Vers la fin du siège, il fallut abattre tous les chevaux de course et de chasse des légations et les Chinois chrétiens s'étaient trouvés réduits à un maigre régime de céréales.

Enfin, la veille au soir, Délice d'Amour avait annoncé à Stanton que les renforts se rapprochaient de la ville et que l'impératrice avait terriblement peur.

– Aujourd'hui, lui dit-elle, elle a demandé à voir le prince Tuan cinq fois et elle a ordonné l'exécution de trois nouveaux ministres qui, dans les réunions du Conseil, s'étaient montrés partisans d'une relative prudence.

Stanton Ware fut désolé. Il savait que ceux que l'impératrice douairière avait fait assassiner étaient des hommes d'Etat raisonnables et avisés, mais qui n'avaient su s'opposer à la violence du prince Tuan.

– J'ai une autre nouvelle, qui, je pense, vous fera plaisir, ajouta Délice d'Amour.

– De quoi s'agit-il?

– Aujourd'hui, l'impératrice a nommé Li Hung-Chang son représentant plénipotentiaire pour les négociations de paix.

– C'est une bonne nouvelle en effet, répondit Stanton Ware.

Li Hung-Chang avait quitté Pékin pour Canton lorsque l'impératrice avait refusé de tenir compte de ses avertissements.

Puis, malgré les demandes réitérées de l'impératrice, il refusa de rentrer à la capitale et, au contraire, alla se joindre au vice-roi du Sud, qui avait les mêmes opinions que lui, pour se battre non pas contre les étrangers, mais contre les Boxers.

Ensemble, ils s'opposèrent à l'influence pernicieuse du prince Tuan sur le gouvernement et firent tout leur possible pour détourner et annuler ses ordres.

Ils refusèrent d'envoyer des troupes à Pékin, s'allièrent aux grandes puissances dans les ports ouverts au commerce extérieur et continuèrent de rembourser leurs emprunts.

Stanton Ware ne s'était pas trompé : Li Hung-Chang était le seul homme capable de servir loyalement la Chine.

Grâce à son action courageuse, mais unilatérale, le pays put échapper au conflit que l'impératrice n'aurait pas hésité à imposer à son peuple.

– Mais j'ai également une mauvaise nouvelle à vous annoncer, poursuivit Délice d'Amour.

– Quoi donc?

– L'impératrice a ordonné qu'un canon Krupp soit installé sur le mur de la Cité Impériale pour bombarder la nuit prochaine les légations. Ce devrait être la dernière nuit de siège.

Stanton Ware regarda Délice d'Amour, l'air stupéfait.

Il se demandait ce qu'il pouvait faire, tout en ayant conscience qu'il lui fallait rester prudent. Il sentait en effet qu'il avait une responsabilité envers Zivana. De toute façon, même s'il réussissait à atteindre la légation sain et sauf pour prévenir ses occupants, ceux-ci ne pourraient pas résister à cette nouvelle attaque d'une façon plus efficace.

– Est-ce que les assiégés savent que les renforts arrivent? demanda-t-il.

Délice d'Amour hocha la tête affirmativement et il se sentit un peu rassuré.

Si les assiégés avaient bon espoir d'être bientôt libérés, pensait-il, les barricades grossières, les parapets de fortune et le peu de munitions qui leur restaient, leur permettraient de tenir jusqu'à l'arrivée des forces alliées.

Après avoir pris congé de Délice d'Amour, il était parti avec Yin chercher des céréales, puis, ayant entendu les premiers obus tirés par le canon Krupp, il était rentré au pavillon des Lotus, le cœur lourd.

Cependant, avant de s'endormir aux côtés de Zivana, il se rappela la vision qu'il avait eue dans le temple et reprit espoir.

Il avait vu de ses propres yeux les murs s'effondrer devant les troupes alliées. Il avait vu la légation britannique libérée et l'enthousiasme, la joie éclater tandis que ses occupants se précipitaient au-dehors.

Comment pouvait-il douter une seconde de ce qu'il avait eu, grâce aux dieux, le privilège de voir?

Zivana, elle aussi, avait pu pénétrer dans la réalité du futur : l'impératrice douairière, déguisée en paysanne, s'enfuirait du palais, en compagnie de l'empereur et du prince Tuan.

En se réveillant, il se dit que, si la légation était tombée pendant la nuit, Yin serait venu le réveiller pour lui annoncer la mauvaise nouvelle.

S'il n'était pas venu, c'est que le canon Krupp, comme toutes les autres armes offensives utilisées par les Boxers et les troupes impériales, s'était révélé inefficace.

– Nous avons toute la journée pour nous, dit alors tendrement Zivana, interrompant le cours de ses pensées.

– Toute la journée. Nous aurons passé une étrange lune de miel, mon amour, mais je n'en aurais pas voulu d'autre.

– Moi non plus, murmura-t-elle.

– Une fois Pékin libéré, déclara-t-il, j'ai l'intention de t'emmener dans mon pays.

Il avait prononcé ces mots d'une voix calme, mais il la regardait avec une certaine appréhension, comme s'il craignait qu'elle proteste ou se refuse à envisager ce retour en Angleterre.

Pour sa part, il lui fallait remettre son rapport sur les événements au Premier ministre.

Et puis, il la présenterait à sa famille mais, surtout, il avait terriblement envie de la voir installée dans la maison qu'il possédait à la campagne.

Ce magnifique bâtiment, entouré d'un vaste domaine de bonne terre cultivable, était la propriété des Ware depuis des générations.

Après un moment de silence, Zivana lui répondit :

– Tu sais que je t'accompagnerai dans n'importe quelle partie du monde, si tu le désires. Mais ce qui peut me faire le plus plaisir, c'est de voir l'Angleterre, qui est non seulement ton pays, mon amour, mais aussi celui de ma mère.

– Ma chérie, tu n'aurais rien pu dire qui me rende plus heureux! s'écria Stanton.

Et en l'embrassant, il ajouta :

– Tu es merveilleuse, dans tes paroles, dans tes pensées, dans tes actes. (Il poursuivit, sur un ton plus grave :) Ce n'est pas seulement ta beauté, mon épouse adorée, qui me retient près de toi maintenant et pour l'éternité, mais quelque chose de beaucoup plus important.

– Dis-moi, fit Zivana tendrement. Tu sais combien j'aime entendre tes mots d'amour.

– Je n'aime pas seulement te faire l'amour en paroles, répondit-il en souriant; mais les mots, ma chérie, me viennent tout seuls, comme des poèmes pour chanter tes vertus et j'aime les dire tout haut car ils ressemblent à une musique.

– Tu es merveilleux, murmura Zivana, si merveilleux que j'ai du mal à croire que réellement... tu m'appartiens.

– Est-ce pour cette raison que tu es jalouse?

– Je suis jalouse car je me dis que... Délice d'Amour pourrait te distraire comme... je ne sais pas le faire. Je connais beaucoup de... choses, mais très peu sur... l'amour.

– Je t'apprendrai tout ce qu'il faut savoir.

– Et si jamais tu ne m'en apprends pas assez et que... de retour en Angleterre, où il fait froid, je... ne t'intéressais plus?

Stanton se mit à rire.

– L'hiver est deux fois moins froid en Angleterre qu'à Pékin et, Dieu merci, l'été est beaucoup moins chaud! Mais de toute manière, où que nous soyons, parce que nous serons ensemble et parce que tu es toi, mon amour ne cessera de grandir, de jour en jour, d'année en année.

– Comme tes paroles me font plaisir! Et tu m'aimeras toujours... même si tu ne me trouves plus aussi... belle... que maintenant?

– Pour moi, tu seras toujours la plus belle femme que je connaisse. Et puis, mon amour, ta beauté n'est pas encore pleinement épanouie, et il se passera encore beaucoup d'années avant qu'elle ne commence à se flétrir.

– Il n'y a pas seulement l'âge qui puisse... changer l'apparence physique, dit-elle tout bas.

Stanton scruta son visage, puis lui demanda sur un ton différent :

– Qu'est-ce que tu essaies de me dire, ma chérie?

Zivana vint enfouir son visage dans le creux de son épaule. Stanton la serra très fort dans ses bras en lui disant :

– Je crois que je ne vais pas tarder à le deviner.

Souriante, elle leva vers lui des yeux brillants de joie.

– Je pense, mon chéri, que tu sais pourquoi je suis si... heureuse d'aller avec toi en Angleterre. Je suis certaine que tu aimerais que ton... fils naisse dans ta maison et dans ton... pays?

– Tu en es sûre, mon amour?

– Aussi sûre que l'on peut l'être... aussi tôt.

– Mon amour, ma chérie, mon adorée, ma femme! s'écria-t-il en la couvrant de baisers, comme si elle était pour lui un être infiniment précieux et, plus que jamais, d'une essence divine.

Elle mit les bras autour de son cou pour le serrer plus fort encore.

– Je t'aime! murmura-t-elle. Je t'aime, mon tendre dragon, fort et passionné.

– Tu es mienne, répondit-il d'une voix pleine de bonheur, tu es la perle fine de l'amour parfait qui retient mon cœur et mon âme entre ses mains délicates.

Les fleurs de lis les enveloppaient de leur parfum, tandis que Stanton laissait courir ses lèvres sur la peau merveilleusement douce de Zivana.

Barbara Cartland

Découvrez, sans plus attendre, les autres romans de Barbara Cartland, la reine incontestée du roman sentimental. Voici la liste de ses romans actuellement disponibles.

La belle et le léopard
N° 1215 Cat. E

La nymphe de Montmartre
N° 1239 Cat. E

Les détours de l'amour
N° 1251 Cat. E

Pas d'ombre sur notre amour
N° 1262 Cat. E

Je t'ai cherché toute ma vie
N° 1273 Cat. E

Les amours au paradis
N° 1297 Cat. E

La course aux maris
N° 1310 Cat. E

Il ne nous reste que l'amour
N° 1347 Cat. E

L'amour fou de Zivana
N° 1348 Cat. E

Le chemin de l'amour
N° 2318 Cat. E

Le prince russe
N° 2589 Cat. E

Une douce tentation
N° 2627 Cat. E

Amour, argent et fantaisie
N° 2832 Cat. E

L'amour est un jeu
N° 2872 Cat. E

Effrayée...
N° 3325 Cat. E

L'aube de la passion
N° 3377 Cat. E

Passion diabolique
N° 3470 Cat. E

Ô toi, mon roi
N° 3661 Cat. E

Les sortilèges du cœur
N° 3809 Cat. E

Fuite en Cornouailles
N° 4059 Cat. E

Coup de foudre en Écosse
N° 4070 Cat. E

Sous le ciel de Bahreïn
N° 4071 Cat. E

Je ne veux pas te perdre
N° 4145 Cat. E

Un nouveau bonheur
N° 4269 Cat. E

Fragile bonheur
N° 4296 Cat. E

Passeport pour le bonheur
N° 4315 Cat. E

Rendez-vous à Calcutta
N° 4603 Cat. E

Idylle en Écosse
N° 4666 Cat. E

Un mariage sans amour
N° 4779 Cat. E

L'ange et le marquis
N° 4846 Cat. E

Un ange au château
N° 4905 Cat. E

La fugitive de l'amour
N° 5073 Cat. E

Séréna
N° 5079 Cat. M

Les caprices de Malvina
N° 5099 Cat. E

Les trésors de l'amour
N° 5100 Cat. E

Cache-cache amoureux
N° 5188 Cat. E

L'amour ou la fortune
N° 5210 Cat. E

Le magicien de l'amour
N° 5261 Cat. E

La prisonnière du moulin
N° 5281 Cat. E

Une si cruelle marâtre
N° 5301 Cat. E

Noces écossaises
N° 5302 Cat. E

Le prix de l'innocence
N° 5335 Cat. E

Fuite sur le Nil
N° 5355 Cat. E

Le royaume de l'amour
N° 5376 Cat. E

L'amour travesti
N° 5402 Cat. E

L'amour pour seule richesse
N° 5164 Cat. E

La passagère de l'amour
N° 5165 Cat. E

Le vœu d'Alicia
N° 5187 Cat. E

Secret love
N° 5229 Cat. E

Le sortilège de l'amour
N° 5422 Cat. E

Embarquement pour l'amour
N° 5461 Cat. E

Les portes du paradis
N° 5487 Cat. E

Alissa, mon amour
N° 5503 Cat. E

2 ROMANS POUR 28 FRANCS SEULEMENT

Un amour en danger, *suivi de* : La princesse oubliée
N° 4693 Cat. G

Un amour sans fortune, *suivi de :* Les illusions du cœur
N° 4694 Cat. G

L'amour comme un espoir, *suivi de :* Tempête amoureuse
N° 4956 Cat. G

Miracle pour une madone, *suivi de :* Douce enchanteresse
N° 4957 Cat. G

Le fantome amoureux, *suivi de :* Satan frappé par l'amour
N° 5255 Cat. G

1348

Achevé d'imprimer en Europe (Allemagne)
par Elsnerdruck à Berlin
le 20 mars 2000.
Dépôt légal mars 2000. ISBN 2-290-30234-1
1er dépot légal dans la collection : août 1982

Éditions J'ai lu
84, rue de Grenelle, 75007 Paris
Diffusion France et étranger : Flammarion